Un réveillon à Tahiti

KANDY SHEPHERD

Un réveillon à Tahiti

Traduction française de
ANNE DAUTUN

AZUR

HARLEQUIN

Collection : Azur

Titre original :
MISTLETOE MAGIC IN TAHITI

HARPERCOLLINS FRANCE
83-85, boulevard Vincent-Auriol, 75646 PARIS CEDEX 13
Service Clients — www.harlequin.fr
ISBN 978-2-2805-0526-0 — ISSN 0993-4448

Édité par HarperCollins France.
Composition et mise en pages Nord Compo.
Imprimé en septembre 2024 par CPI Black Print (Barcelone)
en utilisant 100% d'électricité renouvelable.
Dépôt légal : octobre 2024.

MIXTE
Papier issu de sources responsables
FSC® C159065

Pour limiter l'empreinte environnementale de ses livres, HarperCollins France s'engage à n'utiliser que du papier fabriqué à partir de bois provenant de forêts gérées durablement et de manière responsable.

Prologue

Sienna Kendall adorait la période de Noël à Londres : les décorations scintillantes des boutiques, les chants, les illuminations dans Regent Street, l'immense sapin de Trafalgar Square, les patineurs à Hyde Park, les passants se souhaitant de joyeuses fêtes. Mais par-dessus tout, Sienna aimait les festivités au sein de sa famille unie – ses parents et ses sœurs cadettes Thea et Eliza – dans la maison de banlieue où elles avaient grandi.

D'une année sur l'autre, le même scénario se répétait : les trois sœurs et leurs parents cuisinaient ensemble, puis, après le festin – une dinde et ses accompagnements traditionnels –, ils regardaient un film de Noël, sentimental de préférence. Les petits amis et, dans le cas de Sienna, son ex-mari, ainsi que les amis qui se retrouvaient seuls à Noël, se joignaient parfois à eux. Mais c'était la famille qui était au cœur des célébrations.

Les festivités commençaient par la décoration du sapin, chaque année plus abondante. L'arbre avait fini par crouler sous les ornements, jusqu'à ce qu'un chaton recueilli par Sienna bondisse sur le sapin et le renverse, brisant la plupart des délicats sujets de verre...

Chez les Kendall, Noël était toujours joyeux, et à trente-deux ans Sienna avait acquis la certitude que, quoi qu'il arrive et même si quelque chose tournait mal dans sa vie, elle serait toujours entourée par l'amour de sa famille.

Ce ne serait pas le cas cette année, pourtant. Au début du mois d'octobre, lors d'un repas dominical dans leur pub préféré donnant sur la Tamise, leurs parents avaient soudain annoncé qu'ils feraient quelque chose de différent cette année, pour Noël...

— Nous avons réservé une croisière d'un mois dans les Caraïbes, pour les fêtes, déclara leur père. Pour deux...

Sienna était trop surprise pour poser la moindre question. Et ses sœurs avaient l'air interloquées, elles aussi. Toutes trois dévisagèrent leurs parents, et ce fut la plus jeune, Eliza, qui rompit le silence.

— Quoi ?

— C'est notre quarantième anniversaire de mariage, alors nous voulions fêter cela à deux, dit leur mère. Vous avez chacune votre vie, votre cercle d'amis. Je croyais que vous apprécieriez l'occasion de faire quelque chose de différent, cette fois-ci.

Sienna était trop déconcertée pour s'expliquer les propos de sa mère. Noël était dédié à la famille ! Pourquoi ses parents auraient-ils dérogé à cette longue tradition ?

Elle ne voulait pas que ce Noël soit différent des autres.

Quand elle vit sa mère échanger à voix basse avec Eliza, elle commença à comprendre. Sa sœur, qui avait sept ans de moins qu'elle, avait été atteinte de leucémie aiguë myéloïde à l'âge de six ans, puis avait rechuté quand elle en avait quatorze. Pendant ces années-là, la famille avait uni ses efforts pour veiller sur elle – leur mère mettant un frein à sa carrière d'enseignante. Si au fil des ans Noël avait été une occasion spéciale, c'était aussi pour fêter la rémission d'Eliza.

Désormais, Eliza était libérée de l'hôpital et dispensée d'un suivi. Ses parents, après l'énorme stress de ces longues années, avaient besoin d'une coupure, de vacances à deux, dans l'intimité.

— Oui, bien sûr, je comprends, dit Sienna.

Elle sut qu'elle avait deviné juste quand, d'une voix un peu tremblante, Eliza s'adressa à eux.

— Vous aurez des vacances géniales avec tous ces lieux à visiter, et pas de repas à préparer ! Vous l'avez bien mérité.

— Absolument ! Vous devez en profiter, dit Thea.

Son récent divorce ayant chamboulé son univers, Sienna avait *besoin* de retrouver ses repères. Bien sûr, ses parents avaient droit à leur croisière de rêve, mais sans eux Noël ne serait pas vraiment Noël. Pour la toute première fois, les trois sœurs seraient seules pendant les fêtes.

— Sienna, Thea ! Venez m'aider, je vais commander des boissons pour nous tous, dit Eliza, faisant signe à ses sœurs.

Une fois hors de vue de leurs parents, elle les fit asseoir avec elle à une autre table. Sienna vit qu'Eliza était troublée par ce changement de plans.

— Est-ce que ça va ? lui demanda-t-elle.

Et elle posa une main sur celle de sa cadette, aussitôt imitée par Thea. Elles soutenaient leur petite sœur, comme toujours. Même si Eliza se portait bien, à présent, Sienna avait du mal à se dégager de son rôle d'aînée protectrice.

— Nous devons les laisser partir. Ils se sont fait du souci pour moi pendant des années, dit Eliza. Et vous aussi. Ils doivent se retrouver, tous les deux.

— Tout à fait d'accord ! répondit Sienna en soupirant.

Mais bien que je sois adulte, ai-je tort d'adorer fêter Noël chez mes parents, en famille ?

— Je suis comme toi, dit Thea.

— Sur ce point, nous nous ressemblons, commenta Eliza. Mais cette année, ça doit changer.

Thea laissa échapper un gémissement.

— Et que ferait-on, à la place ?

— Quelque chose de différent, reprit Eliza. Une aventure de fin d'année. Nous devrions sortir de notre zone de confort et partir chacune de notre côté pour Noël.

— Toutes seules ? dit Sienna d'une voix étranglée. Même toi ?

— Oui, même toi, Eliza ? insista Thea, à l'évidence aussi déconcertée que Sienna.

— Surtout moi ! répondit Eliza avec un petit coup de menton entêté que Sienna ne lui avait jamais vu. Faisons un pacte !

Sienna plissa le front.

— Un pacte ? Nous n'en avons pas fait depuis l'adolescence.

— Ce sera notre pacte de Noël : chacune de nous doit partir de son côté pour les fêtes, déclara Eliza. Nous allons partir deux semaines et passer les fêtes de fin d'année ailleurs. Nous choisissons en secret pour les autres. Nous allons à l'aéroport – nous préparons les bagages de celle dont nous avons choisi la destination – et chacune découvre où elle va à l'aéroport.

Eliza semblait très sûre d'elle, même si Sienna la soupçonnait d'improviser à mesure qu'elle parlait.

— Elle débloque ! lança Thea en souriant à Sienna.

— C'est clair, approuva Sienna. Mais il y a pire, comme idée.

Quelle autre option avaient-elles ? La perspective déprimante de passer Noël à la maison sans leurs parents ? Pourquoi ne pas saisir l'occasion d'oser quelque chose d'autre – des vacances en solo pour chacune d'elles ?

— Cela me plaît qu'on se lance un défi, continua-t-elle.

— Moi, j'aime le fait qu'on choisisse les unes pour les autres, lâcha Thea.

— Alors, on le fait ? demanda Eliza. Ça pourrait être génial ! Le seul problème, c'est que je n'ai pas d'argent...

Thea et Sienna échangèrent un bref regard.

— Nous pouvons nous en charger, dit Thea.

— Mais ce ne serait pas juste ! protesta Eliza.

— Tais-toi, ordonna Sienna d'un ton faussement autoritaire.

— Elle me plaît bien, ton idée, tu sais ? enchaîna Thea, les yeux brillants.

— On va vraiment le faire ? demanda Eliza avec espoir.

Sienna approuva de la tête.

— On se lance, dit-elle avec assurance. Pas vrai, Thea ?

Thea hocha la tête à son tour et se mit à rire.

— Non, mais dans quoi je m'embarque encore ?

Levant le poing comme pour toper, Sienna lança :

— À notre pacte de Noël !

— À notre pacte de Noël ! répondirent en chœur Thea et Eliza, heurtant de leurs poings celui de leur aînée.

1

Si on était venu dire à Sienna Kendall que l'île de Bora-Bora, en Polynésie française, était un paradis, elle aurait approuvé. En bikini, allongée sur une chaise longue, sur une plage réputée être l'une des plus belles du monde, un cocktail de fruits tropicaux à la main, elle pensait que Bora-Bora cochait toutes les cases : eaux sublimes couleur aigue-marine avec en arrière-fond le majestueux mont Otemanu, plages de sable blanc, soleil, palmiers et ciel bleu en toile de fond...

Ses sœurs, Thea et Eliza, n'auraient pas pu lui choisir une destination plus parfaite pour son premier Noël loin de la maison familiale en réservant ce voyage surprise. Pendant bien des hivers maussades à Londres, elle avait rêvé qu'elle s'évadait vers une île tropicale. C'était divin !

Pourtant, depuis son arrivée, elle ne s'était jamais sentie aussi seule. Ses sœurs avaient négligé un détail important au sujet de Bora-Bora – c'était avant tout une destination de rêve pour les amoureux en lune de miel. À trente-deux ans, célibataire et fragile après le plus acrimonieux des divorces, Sienna était environnée de couples. Dans sa fabuleuse villa donnant sur l'océan, tout était prévu pour deux, jusque dans les objets de toilette et les luxueux peignoirs de bain.

La veille, on avait apprêté son immense lit en n'ouvrant les draps que d'un côté, pour elle, unique occupante d'une chambre double.

Son esseulement était amplifié par la perspective des dix jours à venir sans ses sœurs ni ses parents pour ce tout premier Noël loin de son univers familier. Elle frissonna à l'idée de passer le réveillon seule, mais se consola en songeant que ses sœurs affronteraient elles aussi la même réalité.

Rétrospectivement, le pacte de Noël avait tout d'un plan insensé. Mais ce « voyage en terre inconnue » n'était-il pas une aventure, un défi ? Avec Thea, Sienna avait réservé une place pour Eliza dans une résidence hôtelière dans les arbres, au cœur de la forêt du Costa Rica ; puis, avec Eliza, elle avait organisé le séjour de Thea dans le paradis hivernal d'une station de ski très cotée, au Japon.

Lorsque Sienna était arrivée à l'aéroport de Heathrow et avait découvert que sa destination surprise était Bora-Bora, ses yeux s'étaient embués. Thea et Eliza la connaissaient si bien ! Callum, son ex-mari, était skieur, et pendant leur longue vie commune elle avait passé ses vacances à la neige alors qu'elle rêvait de soleil. Bora-Bora était un choix merveilleux. Elle espéra que ses sœurs étaient tout aussi surprises et ravies du choix effectué pour elles.

Elle était résolue à savourer chaque minute de son séjour. Ce matin, lendemain de son arrivée, elle avait fui la solitude de sa luxueuse villa pour gagner la belle plage très fréquentée. Par les inévitables couples d'amoureux, mais aussi par des ados, des enfants, et des grands-parents veillant avec affection sur une adorable fillette en maillot rose à volants. Sienna avait dû détourner son regard de la petite pour le reporter sur son roman policier, mais elle n'avait qu'une perception très floue des mots imprimés sur la page. Elle désirait depuis toujours avoir des enfants, et avait cru à tort que son ex-mari en voulait aussi. C'était une souffrance difficile à apaiser, sans parler des amers reproches qu'elle se faisait pour être restée enlisée pendant dix ans dans ce mariage sans avenir.

Des éclats de rire l'amenèrent à quitter les yeux de son livre. Ils venaient de deux jeunes filles sur leurs kitesurfs qui filaient tout près du rivage. Munies de harnais, elles pilotaient leurs planches à l'aide d'une barre reliée aux lignes de traction. Sienna fut frappée par leur bonheur et leur insouciance. Depuis combien de temps n'avait-elle pas éprouvé une joie aussi spontanée ?

Il devait être grisant de filer ainsi sur l'eau ! Elle pouvait peut-être essayer, tant qu'elle était sur l'île. Se défier soi-même faisait partie du pacte de Noël.

Les jeunes filles étaient avec un homme d'une trentaine d'années – leur moniteur, selon toute apparence. Il riait lui aussi en lançant des encouragements en français tout en manœuvrant habilement sa planche, assez près pour leur venir en aide si besoin, sans pour autant les gêner.

Alors qu'il se présentait plus nettement dans le champ de vision de Sienna, elle retint son souffle. Il était sexy. Ultra-sexy, même ! Elle ne put s'empêcher de le fixer. Grand, brun et bien bâti, les muscles dessinés par une combinaison de plongée noire à manches courtes, la chevelure plaquée sur son crâne, la peau hâlée et lisse, les dents blanches et parfaites, il avait un sourire si contagieux qu'il lui donnait envie de sourire aussi.

Elle chaussa ses lunettes de soleil pour l'observer à la dérobée. Une fois la leçon terminée, tous pilotèrent habilement leurs planches jusqu'à l'extrémité de la plage, puis les tirèrent sur le sable. Le couple qui veillait sur la petite fille se dirigea vers le bel inconnu, et Sienna le vit soulever la fillette dans ses bras et planter un gros baiser sur chacune de ses joues tandis qu'elle riait et poussait de petits cris de joie. Voir ce grand homme costaud avec cette toute petite fille fit chavirer le cœur de Sienna. Ils étaient proches, de toute évidence. Était-il son père ? Ce que Callum avait fait de plus cruel avait été de lui dire qu'il ne voulait pas d'enfants, et qu'elle n'avait qu'à se dénicher un autre mari si elle désirait fonder une famille ! Le cœur meurtri, Sienna avait dû se résoudre à le quitter. Plus jamais ça !

Après les embrassades, le couple s'éloigna avec la petite fille. Allait-elle solliciter le moniteur pour lui donner des leçons ? *Fais-le, un point c'est tout.* N'était-ce pas l'objet de ces vacances à Bora-Bora ? Prendre des risques, faire des choses qu'elle n'aurait pas osé entreprendre auparavant ? Du kitesurf, par exemple. Et trouver le courage d'aborder cet homme superbe.

Plus elle s'en rapprochait, plus elle le trouvait beau. La combinaison de plongée moulait chacun de ses muscles, et les manches courtes laissaient voir de beaux tatouages haïtiens. Alors qu'il détachait le harnais de la planche, il leva les yeux.

— Euh... Je me demandais si... je pouvais réserver un cours avec vous ? bredouilla-t-elle. Le kitesurf a l'air très amusant, et j'aimerais essayer.

Il se redressa de toute sa haute taille et, une fois encore, Sienna eut le souffle coupé.

Kaï Hunter fut si stupéfait par la requête de la belle brune en bikini bronze qu'il lui fallut un instant pour rassembler ses esprits. Croyait-elle vraiment qu'il était moniteur de kitesurf ? Si les gens, ici, ne l'identifiaient pas à son entreprise, Wave Hunters, une référence dans les équipements de sports nautiques, ils le connaissaient comme le champion de surf qui, plus jeune, avait représenté Tahiti dans de nombreuses compétitions internationales. Il y avait aussi ceux qui le connaissaient à cause de sa famille, une puissante dynastie fortunée dont il était le mouton noir.

Mais cette femme était une touriste. Anglaise, à en juger par son accent. Comment aurait-elle su qui il était ? Il allait la diriger vers les excellents formateurs de l'école de kitesurf de l'île, mais elle le devança en reprenant la parole.

— Vos élèves avaient l'air si heureuses, dit-elle avec une note de nostalgie dans la voix. Elles semblaient prendre de l'assurance à chaque minute.

— Elles surfent bien, oui, dit-il.

Elles étaient ses nièces, et l'aidaient à tester un nouveau harnais qu'il développait pour Wave Hunters.

— Vous êtes bon professeur, visiblement.

Il haussa les épaules, peu désireux de poursuivre cette conversation.

— Est-ce que le kitesurf est très difficile ?

— Pas autant qu'il y paraît.

— C'est rassurant.

Malgré lui, Kaï Hunter était intrigué. Elle était aussi chic qu'on peut l'être en simple bikini : ses cheveux bruns illuminés de mèches plus claires avaient une coupe stylée ; elle portait une chaîne en or autour du cou, d'élégantes sandales en cuir. Les touristes comme celle-ci n'avaient en général pas d'autre envie que de paresser et bronzer sur la plage sans rien faire de plus « sportif » que de se baigner de temps à autre pour se rafraîchir. Or le kitesurf exigeait de l'énergie, de la force et de la constance.

— Vous n'avez jamais essayé ?

— Jamais, répondit-elle.

— Et le surf ?

Il réagissait en moniteur jaugeant ses capacités en sports nautiques. Or ce n'était pas ainsi qu'il voulait mener la conversation. Il y avait, dans l'intonation nostalgique des paroles de cette femme, quelque chose qui l'empêchait de lui opposer un franc refus.

— Non plus. Même si j'aimerais essayer ça aussi.

Elle ne le pourrait pas à Bora-Bora. Seuls les surfeurs les plus expérimentés s'aventuraient dans la passe de Teavanui, où les vagues déferlaient au-dessus de dangereux récifs de corail. Ce n'était certes pas pour les débutants.

De nouveau, elle le devança alors qu'il allait parler.

— Mais je suis bonne en monoski, et en vous voyant avec ces jeunes filles j'ai pensé que cela pourrait me servir.

— Oui, en effet. Mais...

Je ne suis pas moniteur, allait-il dire.

— C'est un soulagement, coupa-t-elle. Parce que j'ai vraiment envie d'essayer. Je vous en serais très reconnaissante si vous pouviez m'aider.

Elle ôta ses lunettes de soleil. Elle avait des iris d'un vert lumineux et pur, et il en fut fasciné.

— Sachez que je suis bonne nageuse. À mon avis, je boirai plus d'une fois la tasse pendant mon apprentissage, dit-elle avec un sourire d'autodérision. Et j'ai de la force !

Elle ploya son bras droit.

— Vous voyez ? Je suis musclée. Je fais beaucoup de gym, à Londres.

Percevait-elle, d'une façon ou d'une autre, sa réticence à jouer les moniteurs ? En tout cas, elle voulait le convaincre, et ça marchait. Quel mal cela lui ferait-il de lui donner un cours ? Ses affaires le menaient un peu partout. La semaine dernière, il était à Sydney, en Australie, la semaine d'avant à San Francisco et à Hawaï, et il avait des voyages de programmés au Sri Lanka et au Vietnam. Mais il rentrait toujours au pays pour Noël, et il n'avait rien prévu pour le reste de la journée.

— J'ai du temps pour un cours après le déjeuner, lâcha-t-il.

— C'est parfait, dit-elle avec ce sourire qu'il trouvait si attirant.

— Disons, ici à 14 heures.

— Que dois-je apporter ?

— Rien que vous.

Plissant les yeux, il estima sa taille pour une combinaison de plongée. Elle était grande et mince, avec des bras et des jambes toniques. Comme il s'attardait sur ses seins et ses hanches doucement arrondies, il capta son regard, et sut qu'elle était consciente d'être jaugée. Il vit qu'elle était amusée, ne se privait pas de le jauger de son côté, et ne le trouvait pas dépourvu d'atouts.

— Retrouvez-moi ici à 14 heures, dit-il d'un ton bourru.

— Merci !

Un bref instant, Kaï crut qu'elle allait se jeter à son cou. Déconcerté, il se surprit à souhaiter qu'elle l'ose.

2

Était-ce à cause du décalage horaire que Sienna avait les idées perturbées ? Le vol depuis Londres avait été long, avec une correspondance à Los Angeles pour gagner Papeete, la capitale tahitienne, puis un trajet dans un petit avion jusqu'à l'aéroport de l'île de Motu Mute, suivi d'un transfert en bateau vers sa résidence hôtelière de Bora-Bora. Il y avait une dizaine d'heures de décalage horaire entre Londres et l'île…

Non, ce n'était pas le décalage horaire, pensa-t-elle. En fait, elle était nerveuse à la perspective de sa leçon de kitesurf. Ou n'était-ce pas plutôt à cause du beau moniteur ? Quelle que fût l'origine de cette excitation irrationnelle, elle l'avait amenée, une fois de retour dans sa villa, à se lancer dans un déluge de soins esthétiques : exfoliation, épilation, hydratation, application de vernis sur les orteils…

Maintenant, devant la glace de l'hôtel, elle jaugeait son allure dans son maillot préféré, un une-pièce noir élégant que ses sœurs avaient eu la bonne idée de glisser dans ses bagages. Un maillot plus approprié au kitesurf que le bikini sexy qu'elle avait porté ce matin à la plage – trouvé dans un paquet-cadeau quand elle avait défait ses bagages, accompagné d'une carte :

À ouvrir tout de suite. N'attends pas Noël !
Affectueusement, Thea

Le bikini était signé d'une marque de luxe italienne et avait dû coûter une petite fortune, mais Thea était la générosité incarnée.

Tandis qu'elle se dirigeait vers l'endroit désigné pour son cours de kitesurf, Sienna s'avisa qu'elle n'avait pas la moindre idée du nom de son professeur. Elle avait été si enchantée d'être acceptée comme élève qu'elle n'avait pas songé à s'en enquérir. Et s'il n'était pas là ? Elle réalisa qu'elle serait très déçue s'il ne venait pas.

Elle ne parvenait pas à expliquer ce sentiment. Elle ne savait rien de cet homme, sinon qu'il était bâti comme un dieu grec et avait un sourire éblouissant. Et qu'il était peut-être papa d'une toute petite fille. Donc, qu'il pouvait être marié...

Mais en quoi cela aurait-il eu de l'importance ? Elle ne cherchait pas un partenaire. Elle voulait seulement s'essayer à un nouveau sport et rompre tout à fait avec une vie modelée par les désirs de son ex-mari. Si le professeur se trouvait être un homme superbe, eh bien tant mieux ! Elle avait vu qu'il la trouvait séduisante. C'était sans doute un séducteur, comme de nombreux moniteurs de ski et de snowboard qu'elle avait rencontrés lors des vacances aux sports d'hiver avec Callum. Alors, elle ne prendrait pas son admiration au sérieux, mais elle la savourerait tout de même.

Sa crainte de ne pas le retrouver s'avéra sans fondement. Il était bien là, un peu plus loin sur la plage, à l'ombre d'un bouquet de palmiers. Seul. Combien d'autres élèves y avait-il dans le cours ? Elle n'avait pas pensé non plus à le demander.

Il était face à l'océan, et elle ne put s'empêcher de marquer un arrêt pour admirer ses larges épaules, son fessier ferme, ses longues jambes musclées moulées par la combinaison noire. Elle dut s'éclaircir la gorge pour retrouver sa voix, et il se retourna vers elle.

Il était aussi sexy que dans son souvenir – et même plus encore, avec sa chevelure noire ondulée qui lui retombait sur les épaules. Son expression était sérieuse, comme si elle l'avait surpris au milieu de réflexions importantes, perdu dans ses pensées. Leurs regards se rencontrèrent, et l'espace d'un instant elle fut sous son emprise. Elle avait l'impression qu'il faisait partie de ce petit paradis, au même titre que les eaux aigue-marine du lagon qui scintillaient sous le soleil, les palmiers qui bruissaient sous la brise. Elle avait l'impression qu'ils étaient reliés par quelque pouvoir invisible. Puis deux jeunes garçons apparurent sur le sable derrière lui, rompant le charme de cet instant.

Il s'avança vers elle avec le sourire accueillant d'un professeur.

— Pile à l'heure ! commenta-t-il.

— Je... je suis désolée, je ne vous ai pas dit mon nom, balbutia-t-elle. Vous... vous auriez pu en avoir besoin pour réserver le cours. Je m'appelle Sienna Kendall.

— Je ne vous ai pas dit le mien non plus, observa-t-il avec un lent sourire, tandis qu'il la dévisageait. Je suis Kaï Hunter.

Kaï Hunter. Même son nom était superbe. *Et cet accent français...* Il était si parfait que ç'en était irréel.

Y avait-il en elle un désir inavoué de se montrer avec un homme tel que Kaï Hunter ? De prouver à Callum qu'elle avait définitivement tourné la page ? La réponse était non. L'amour, l'attirance qu'elle avait pu éprouver pour son ex-mari s'étaient réduits à une indifférence totale. Elle n'avait aucune envie qu'il sache ce qu'elle faisait – en dépit de la satisfaction que ça aurait pu lui apporter.

Elle ne posterait pas de photos de Bora-Bora sur ses réseaux sociaux. Elle avait laissé son mobile dans sa chambre d'hôtel. En tant que décoratrice d'intérieur, elle avait acquis de nombreux followers quand elle avait commencé à mettre ses projets de design en ligne. Elle était considérée comme une « influenceuse » dans ce domaine, aujourd'hui. Cependant, elle avait promis à ses sœurs – et s'était juré – de mettre le travail de côté et de prendre le temps de se reposer et d'oublier son horrible divorce.

« S'il te plaît, accorde-toi la priorité, pour une fois, avait insisté Eliza. Et ne pense pas une seule seconde au boulot. »

Sienna y avait consenti, en dépit d'une réticence secrète. Elle avait passé des années à bâtir sa réputation de décoratrice d'intérieur ; elle craignait que ses affaires souffrent d'une absence aussi longue sur les réseaux sociaux. Désormais, elle gagnait plus d'argent grâce à la promotion de produits qu'avec ses honoraires.

— Salut, Kaï. Contente de vous revoir, dit-elle en regardant autour d'elle. Combien d'élèves y a-t-il dans le cours ? Ils sont en retard ?

— Il n'y en a pas d'autres. Seulement vous.

— Seulement moi ? C'est un cours privé ?

— Apprendre en duo est le meilleur moyen de s'initier au kitesurf.

Il avait une voix agréable, grave et embrumée. Et un tête-à-tête avec Kaï Hunter ne la dérangeait pas du tout !

— C'était juste pour clarifier les choses, dit-elle, un peu étourdie.

— Et cela vous va ?

— Bien sûr, fit-elle, réprimant un frisson d'excitation.

J'apprendrai plus vite, comme ça, et j'ai très envie de faire du kitesurf.

Eliza avait prévu de lui offrir des cours de sports nautiques en groupe. Une leçon privée serait plus coûteuse. Sienna payerait la différence. L'éducation et l'expérience de sa cadette avaient été grevées par les épisodes de maladie, et elle n'avait pas encore les mêmes capacités financières qu'elle-même et Thea, qui était avocate en entreprise. Elle et Thea avaient tenu à payer moitié-moitié le séjour d'Eliza au Costa Rica. Une petite chamaillerie s'était ensuivie, leur jeune sœur protestant qu'elle pouvait payer toute seule et s'insurgeant contre leur maternage « étouffant ». Sienna et Thea avaient gagné la partie.

— Votre enthousiasme fait plaisir, dit Kaï. Mais avant d'aller sur l'eau, vous devez vous familiariser avec la manœuvre de la voile. La sécurité avant tout. Vous passerez sur le sable la première partie du cours.

— Sur le sable ? C'est-à-dire ?

— Vous allez apprendre à diriger le cerf-volant tout en marchant le long de la plage. Je serai constamment avec vous, pour vous guider.

— C'est rassurant.

— C'est mon travail de moniteur, dit-il.

Elle se demanda ce qu'il y avait de drôle, car il était visible qu'il réprimait une envie de rire.

Il la mena à l'endroit où se trouvaient une planche et une voile, lestées avec du sable pour les maintenir sous la brise. Il lui tendit une combinaison de plongée légère, avec des manches et des jambes courtes, portant le logo coloré de Wave Hunters.

— Enfilez d'abord ça avant le harnais, dit-il. Il peut irriter la peau nue, et la combinaison vous protégera aussi du soleil.

Wave Hunters... Elle avait vu cette marque sur des maillots de bain, et la combinaison était neuve, nota-t-elle avec approbation en ôtant l'étiquette. Elle n'en avait jamais porté, et la tenue s'avéra étonnamment serrée. Elle dut se contorsionner pour la passer.

— Besoin d'un coup de main ? demanda Kaï tandis qu'elle cherchait à tâtons la fermeture à glissière au dos du vêtement.

Respectueux, il n'esquissa pas un geste pour la toucher. Mais elle eut un mouvement de recul, et s'écarta de lui si vite qu'elle faillit trébucher.

— Non, ça va, merci, s'empressa-t-elle de dire.

Elle regretta aussitôt d'avoir réagi ainsi. Elle espéra qu'il ne s'en offusquerait pas. Ce n'était pas par manque de confiance. Et certes pas parce qu'il ne lui plaisait pas. Mais parce qu'elle se défiait d'elle-même.

Il y avait plusieurs années que son mariage avec Callum battait de l'aile lorsqu'elle l'avait surpris avec une autre dans le lit conjugal. Cette fois, il n'avait pas pu nier, comme si souvent auparavant. Au fil des ans, il l'avait manipulée, cherchant à la persuader qu'elle fantasmait ses infidélités, qu'elle était soupçonneuse à l'excès, jalouse, toujours sur son dos. Sa méfiance était pourtant fondée ! Pendant la vie commune avec Callum, elle avait appris à dissimuler ses sentiments, au point que c'était devenu une seconde nature.

Maintenant, en apparence, elle était pressée d'avoir sa première leçon. Mais sous la surface, elle avait hâte d'entrer en contact étroit avec Kaï Hunter. Il y avait une éternité qu'elle n'avait pas rencontré d'homme aussi séduisant, au point d'en avoir perdu le souvenir.

Elle avait connu Callum au cours de sa première année d'université, l'avait épousé à vingt-trois ans, et depuis il n'y avait eu personne d'autre. À trente-deux ans, elle n'avait pas plus d'expérience qu'une ado.

Certes, ce cours n'était pas un rendez-vous. Elle ne devait pas l'oublier. Mais elle se retrouvait en tête à tête avec un homme, et elle n'y était pas habituée. Elle était hyper sensible à la virilité de Kaï, mais elle ne pouvait pas laisser transparaître sa nervosité en sa présence. Un homme tel que lui devait être accoutumé à ce que les femmes se jettent à sa tête. Elle ne voulait pas être assimilée à elles.

Elle parvint à remonter la fermeture à glissière sans aide.

— Allons-y, dit Kaï – qui, s'il avait remarqué son recul, n'en laissait rien paraître. Avant de vous mettre le harnais qui vous reliera à la voile, je vais vous indiquer les bases.

Les rudiments en question concernaient surtout la direction du vent. Il lui expliqua qu'elle devrait avoir dans le dos un vent de terre, soufflant du large vers la rive, qui propulserait la voile au-dessus d'elle. Une voile qu'elle dirigerait à l'aide de la barre. Elle saisit le principe, mais sa confusion était évidente.

— Vous comprendrez mieux quand vous aurez essayé, dit-il.

Elle se tint immobile quand il l'aida à mettre le harnais, qui s'enveloppait autour de ses hanches. Il avait la main sûre et habile. Son geste était strictement professionnel mais si troublant qu'elle retint son souffle. Une fois qu'elle fut harnachée, il relia la voile au harnais.

— Désolée, je n'ai pas l'habitude, dit-elle, s'excusant de sa maladresse.

— Forcément, c'est votre premier essai.

Mais elle pensait en réalité à cette promiscuité avec un homme qu'elle trouvait follement séduisant.

— C'est bon ?

— Oui, j'ai hâte de me lancer.

La voile s'éleva sous l'effet de la brise.

— Oh ! je le sens, dit-elle avec excitation.

— Les conditions sont bonnes pour une débutante, observa Kaï. Nous entrons dans notre saison humide, mais il n'y a aucun signe de pluie, aujourd'hui.

Il lui montra comment manœuvrer la voile à l'aide de la barre, moduler la puissance et la vitesse pour la maintenir dans la zone de sécurité. Sienna avança lentement sur la plage en suivant ses instructions.

— Est-ce que ça va comme ça ?

— Vous vous débrouillez très bien.

Kaï était un excellent professeur, patient, drôle et bienveillant. Elle gagna en confiance. Oui, elle pouvait y arriver ! Il lui donna pour ultime recommandation de s'entraîner à s'asseoir sur le sable et de laisser tomber la voile à ses pieds.

— Est-ce que vous vous sentez prête à aller sur l'eau ? demanda-t-il. Selon moi, vous en êtes capable.

— Oui !

— Vous resterez là où l'eau vous arrive à la taille, et je serai toujours près de vous.

Il était costaud, protecteur, et elle se sentait très en sécurité avec lui.

— Merci.

Elle croisa son regard, et il l'encouragea.

Son premier départ fut une réussite. Assise dans l'eau, elle glissa les pieds dans les boucles de la planche et se laissa tirer par la voile de façon à se relever. Kaï était tout près, dans l'eau, lui rappelant comment utiliser la barre. Elle jubila de filer sur les flots, en harmonie avec le vent. C'était génial !

— Je suis lancée ! Je surfe !

C'était la chance du débutant, et il ne fallut pas longtemps pour que l'aile tombe et qu'elle chute dans l'eau, à la renverse. Mais elle persévéra et, à la fin du cours, elle avait le sentiment d'avoir saisi les rudiments du kitesurf.

— J'adore ça, Kaï. C'est très amusant ! lança-t-elle alors qu'elle filait et le dépassait, la voile bien au-dessus d'elle.

Il rit et lui lança encore des encouragements. Elle avait perdu toute inhibition en sa présence.

Kaï n'avait jamais vu quelqu'un progresser aussi vite lors d'une première séance de kitesurf. Il était impressionné. Véritablement. Sienna était en grande forme physique, suivait les directives et apprenait vite. Elle avait un don naturel pour ce sport, était sans doute très bonne en snowboard et aurait pu faire une bonne surfeuse.

Mais il y avait plus. Il ne s'agissait pas que de sa beauté. Elle lui plaisait. Pour de bon. Il s'était senti tout à fait à l'aise avec elle dès les premières minutes. Elle était ouverte, amicale, la première à rire de ses erreurs, avec cette modestie qu'on rencontrait parfois chez les Britanniques.

Kaï n'était pas moniteur. Ne l'avait jamais été. Même s'il avait enseigné le kitesurf à temps partiel quand il était plus jeune, du temps où il avait dû quitter la maison pour échapper à la désapprobation de ses parents.

Son père était un ténor du barreau à Papeete. Sa mère occupait une position importante au sein du gouvernement. Ses deux frères aînés avaient fait ce qu'on attendait d'eux : l'un était avocat, l'autre médecin. Ils avaient effectué de brillantes études dans une école privée de Papeete, étaient allés à l'université en France. Tandis que Kaï, lui, avait tout laissé tomber avant les derniers examens du secondaire pour faire du surf.

Il avait surfé dans le monde entier, collectionnant les titres et les récompenses financières qui allaient avec. Cela n'avait pas impressionné ses parents, car ce genre de réussite ne comptait pas à leurs yeux. Mais ses grands-parents, eux, avaient cru en lui. Ils lui avaient offert une maison sur l'île privée de Bora-Bora, où ils vivaient. Puis les fonds nécessaires au démarrage de sa première entreprise – un prêt qu'il avait tenu à leur rembourser des années auparavant. Ses parents n'avaient pas cessé de s'intéresser à lui, mais il avait fallu le succès de Wave Hunters pour qu'ils le respectent enfin. La réussite en affaires avait de l'importance dans leur monde, et Kaï avait eu beaucoup de succès dans ce domaine. Cependant, sa relation avec ses parents demeurait contrainte.

Kaï était heureux de n'avoir pas détrompé Sienna quand elle l'avait pris pour un moniteur. Sans cela, il aurait manqué l'occasion de connaître cette femme charmante. Il avait envie de la revoir, et il fut content qu'elle lui demande, au terme du cours, si elle pouvait en réserver un autre avec lui le lendemain.

— J'ai à peine gratté la surface, en ce qui concerne le kitesurf, pas vrai ? dit-elle quand ils furent de nouveau sur le sable.

Elle était empourprée à force de s'être démenée, et ses magnifiques yeux verts brillaient de joie.

— Je veux apprendre à sauter et à réaliser toutes les figures amusantes que je vous ai vu faire.

— Cela pourrait prendre plus de deux cours.

Il ne voulait pas doucher son enthousiasme, et elle était

de toute évidence une véritable athlète, mais ces prouesses-là demandaient du temps.

— J'ai du temps devant moi, je dois passer encore dix jours ici. Alors, vous seriez d'accord pour un autre cours ? Demain à la même heure ?

— Bien sûr.

La mascarade ne pourrait pas se prolonger plus longtemps, cependant. Il suffirait d'une rencontre de hasard sur la plage avec l'un de ses amis pour griller sa couverture. Et ce serait gênant pour Sienna comme pour lui.

— Encore un cours privé ? J'ai vraiment le sentiment d'apprendre plus vite, comme ça.

Il hocha la tête. Il aurait aimé l'inviter à prendre un verre, discuter avec elle d'autres choses que du kitesurf. Bref, lui donner rendez-vous. Mais il ne savait rien d'elle. Sienna ne portait pas d'alliance, mais cela ne signifiait rien. Il devait être certain de son statut. Une femme mariée, c'était tabou pour lui. C'était fou le nombre d'épouses prêtes à une aventure de vacances, même lorsqu'elles partageaient la même chambre que leur mari ! Il s'était brûlé les ailes avec une de ces femmes du temps où il était un adolescent naïf. Sienna n'avait pas fait mention d'un partenaire, mais ils n'avaient guère eu l'occasion de bavarder.

— Vous êtes venue avec quelqu'un ? demanda-t-il.

Elle redressa le menton – sur la défensive, pensa-t-il.

— Non, je suis seule.

— Seule sur une île où les gens viennent en lune de miel ?

— Oui. Je n'avais pas réalisé qu'il y aurait autant de couples. Et ma sœur non plus.

Il avait dû mal comprendre.

— Vous êtes ici avec votre sœur ?

— Non, je ne suis pas venue avec ma sœur. Avec aucune

de mes deux sœurs, en fait. L'une est au Costa Rica et l'autre au Japon.

— C'est là qu'elles vivent ?

— Non, nous habitons Londres toutes les trois.

Marquant un arrêt, elle esquissa un sourire.

— Je m'explique mal. Mes sœurs et moi avons conclu un pacte : chacune de nous doit faire quelque chose d'excitant et de différent pour Noël, cette année. En solitaire.

— Faire du kitesurf à Bora-Bora, par exemple ?

— Exactement. Et du ski au Japon pour une de mes sœurs, un séjour dans une résidence hôtelière écologique au Costa Rica pour l'autre, avec parcours en tyrolienne au programme, je crois. Aucune de nous ne savait où elle se rendait avant son arrivée à l'aéroport, chaque voyage était une surprise.

Il devait y avoir une histoire particulière derrière cet arrangement insolite. Pourquoi cette jolie femme voyageait-elle seule ? Les hommes étaient donc aveugles, à Londres ?

— Et vous étiez contente qu'elles aient choisi Bora-Bora ? demanda-t-il.

— Bien sûr. C'est un vrai paradis. J'adore cet endroit. Je ne voudrais être nulle part ailleurs. Surtout après notre cours d'aujourd'hui.

Son enthousiasme était l'une des choses qu'il trouvait si attirantes chez elle. Au repos, elle avait une expression très sérieuse, concentrée, mais quand elle souriait et s'animait elle devenait captivante.

— Curieuse façon de programmer des vacances, dit-il.

— Oui, n'est-ce pas ? Un jour, nous en rirons, j'imagine. Mais mes sœurs ont fait un excellent choix pour moi.

Kaï était du même avis. Il avait envie de mieux connaître Sienna Kendall.

— Vous n'êtes pas en lune de miel, ni avec votre sœur... mais y a-t-il un homme dans votre vie ?

— Non. Je... J'ai divorcé récemment.

Cela expliquait beaucoup de choses. Sa nervosité quand il venait près d'elle. Le vacillement de son regard avant de rencontrer le sien.

— Je suis désolé, dit-il – alors qu'il s'en réjouissait secrètement.

— Ne le soyez surtout pas. Je suis très heureuse d'avoir divorcé. Ce n'était pas... un bon mariage.

Pourtant son regard, soudain obscurci, révélait sa blessure. Kaï devrait peut-être marcher sur des œufs, avec la charmante Sienna Kendall. Cela ne le détournerait pourtant pas de son désir d'apprendre à la connaître.

— Et vous ? Êtes-vous marié ?

— Je n'ai jamais été près de l'être.

Leurs regards se rencontrèrent, et il éprouva de nouveau l'étrange sensation qu'il avait eue lorsqu'il s'était laissé envoûter par son regard. Il se fiait à son instinct, qui l'avait toujours mené dans la bonne direction. Et en ce moment, il sentait – si fou que cela paraisse – que cette femme pourrait occuper une place importante dans sa vie.

Sienna le regarda par-dessus son épaule.

— Je... euh... je crois que j'aurai besoin d'un coup de main avec la fermeture, pour enlever la combinaison.

Lisait-il une invite dans son regard ? Il n'était que trop sensible à sa présence et n'imaginait que trop bien ce qu'il ressentirait en la dépouillant de la combinaison et en révélant ses formes ravissantes. Des formes qu'il aurait aimé caresser, explorer...

Il s'éclaircit la gorge, mais sa voix n'en fut pas moins rauque quand il répondit :

— Vous pouvez rentrer comme ça à votre hôtel. Vous en aurez besoin pour le cours de demain.

Il ne voulait pas trop s'impliquer avec elle. Pour le moment.

3

Sienna fut ravie lorsque le cours du lendemain se passa encore mieux que le premier. Après quelques surfs supervisés, elle se sentit assez en confiance pour se lancer seule. Sur sa planche, Kaï gardait l'œil sur elle. Les ratés inévitables furent sans gravité, et elle riait tandis qu'elle se hissait à nouveau sur la planche puis filait sur l'eau. Les heures passées au gymnase s'avéraient payantes. Si elle avait fait du sport, ce n'était pas en quête d'un corps parfait, mais comme dérivatif à la souffrance causée par l'échec de son mariage. Cela avait été aussi un moyen de s'occuper pendant de longues soirées solitaires. Elle n'avait pas eu à vivre seule longtemps dans la belle maison qu'elle avait réagencée et que son ex-mari et sa maîtresse avaient souillée. La demeure avait été mise en vente, et Sienna était revenue avec son chat dans la maison parentale de Chiswick.

— Vous êtes sûre de n'avoir jamais fait ça avant ? lui lança Kaï quand elle tenta avec succès un petit saut.

— Je vous jure que non, mais je le regrette, répondit-elle d'une voix essoufflée. J'adore ça !

Le cours s'acheva trop vite. Cette fois, Kaï lui montra comment ranger la voile et le harnais à la fin d'une séance. Alors qu'elle suivait avec soin ses instructions, elle eut le sentiment perturbant qu'il y avait quelque chose de définitif dans son attitude. Cela ne l'empêcha pas de le solliciter pour une troisième leçon, le lendemain.

Kaï s'interrompit, mais resta accroupi près de la planche, sur le sable. Il leva les yeux.

— Un troisième cours vous serait utile. Mais je ne suis pas sûr d'être la meilleure personne pour ça.

— Ah bon, pourquoi ?

Elle ne le reverrait donc pas ? Elle était surprise d'en souffrir autant, et ne put affronter son regard.

— Je... J'imagine que vous préférez former des gens plus expérimentés.

— Ce n'est pas ça du tout, dit-il en se redressant pour la regarder dans les yeux. C'était un privilège de vous initier. Vous êtes douée. Vous pourriez devenir vraiment bonne dans ce sport.

— Mais alors... pourquoi ?

L'air très sérieux, il répondit :

— C'est quelque chose que je ne peux pas expliquer.

Intriguée, elle le regarda. Quel secret pouvait-il l'empêcher de lui apprendre le kitesurf ?

— Voulez-vous me rejoindre pour prendre un verre, ce soir ? Cela nous permettrait de parler.

— J'en serais enchantée, répondit-elle, envahie d'une joie soudaine. Je... je suis curieuse d'en savoir plus.

Il nomma un bar situé à l'autre bout de la plage.

— Pouvez-vous m'y retrouver à 18 heures ?

— Oui.

— Alors, c'est entendu.

Il parut soulagé. Était-il possible qu'il se soit attendu à un refus ? Elle doutait que beaucoup de femmes puissent opposer une rebuffade à Kaï Hunter !

— Il y a une chose… en fait, deux, reprit-elle. La combinaison, d'abord. Je l'adore. Elle me va parfaitement et elle est très confortable. J'aimerais l'acheter, s'il vous plaît, si possible. Et en ce qui concerne les leçons, comment puis-je vous régler ? Je séjourne dans le complexe hôtelier de Mareva. Puis-je payer à la réception, ou…

— Nous verrons ça plus tard, coupa Kaï.

— Pour la combinaison aussi ?

Il sourit.

— Elle vous plaît vraiment, hein ?

— Oui. Cela pourrait être ma combinaison porte-bonheur. Je ne crois pas que je surferais aussi bien si j'en portais une autre.

— Une combinaison porte-bonheur ? Intéressant. Certains sportifs ont une chemise, un chapeau, ou quelque autre truc qui leur donne de l'assurance. Pourquoi pas une combinaison porte-bonheur ?

— Oui, pourquoi pas ? dit-elle en souriant, consciente qu'il voulait lui faire plaisir mais n'en prenant pas ombrage.

— Je verrai ce que je peux faire.

— Cela pourrait être le cadeau que je m'offre à Noël.

— Ah ? Vous vous offrez des cadeaux à Noël ?

Elle hocha la tête.

— Comme ça, j'ai ce que je veux. Et aux anniversaires aussi. Mais je ne me donne pas la peine de l'emballer !

Lorsque Callum avait oublié son anniversaire pour la deuxième année consécutive, elle avait compris que son couple était en bout de course. Quand elle s'était surprise à n'accorder aucune importance à cet oubli, elle avait su que tout était fini.

— Mais alors, il n'y a plus d'élément de surprise, observa Kaï.

— Vous aimez les surprises ?

— Oui. Et en ce qui concerne les cadeaux de Noël, je tiens à ce qu'ils soient emballés de manière que je ne puisse pas deviner de quoi il s'agit.

Sienna se mit à rire.

— Sur ce point, je suis comme vous. Mes proches aussi. Nous ne reculons devant rien pour déguiser nos cadeaux, afin qu'on ne puisse pas deviner de quoi il s'agit. Une année, ma sœur Eliza m'a offert des boucles d'oreilles dans une boîte prévue pour un aspirateur ! Noël est très important dans notre famille.

— Pourtant, vous et vos sœurs êtes parties séparément pour Noël. Et seules.

— En effet. C'est curieux, n'est-ce pas ?

La tournure que prenait la conversation ne la mettait pas à l'aise. Il était hors de question qu'elle partage sa crainte d'être seule le jour de Noël – ni avec Kaï, ni avec ses sœurs, ni avec ses parents. La résidence hôtelière où elle était descendue faisait valoir sur des affiches les festivités prévues à l'occasion. Il se trouverait peut-être des hôtes amicaux quand ils sauraient qu'elle était seule... Une journée en solitaire dans sa belle villa donnant sur l'océan n'était cependant pas la pire des options. Elle devait se raccrocher à ça.

— Je devrais retourner à ma résidence, dit-elle. Vous avez besoin d'aide avant que je parte ?

— Non, tout est bon, répondit Kaï. Je vous revois à 18 heures.

En reprenant le chemin de Mareva, Sienna fit l'inventaire des vêtements que ses sœurs avaient mis dans ses bagages. Qu'est-ce qui pourrait convenir pour prendre un verre avec un très bel homme ?

Au bar du front de mer, attablé en terrasse, Kaï regardait venir Sienna, sur le sable. Elle paraissait un peu hésitante, peut-être parce qu'elle était seule, et il se demanda à quand remontait son divorce.

Elle était ravissante dans sa robe bain de soleil blanche, toute simple, qui lui effleurait les chevilles, une fente laissant entrevoir ses longues jambes. Elle sourit en l'apercevant et le salua de la main. Il répondit de même. Un sentiment de fierté absurde l'envahit à l'idée que parmi tous les hommes attablés qui la regardaient c'était lui qu'elle venait rejoindre.

Il se leva pour l'accueillir à la table donnant sur le lagon dont il avait pris possession. Elle leur offrirait une vue splendide lorsque le soleil se coucherait derrière le mont Otemanu. Il dut se contenir pour ne pas lui faire la bise à la française : un baiser sur chaque joue.

Il l'avait trouvée belle en combinaison de plongée, les cheveux mouillés, sans maquillage, les joues empourprées par l'excitation. Maintenant, elle était élégante, sophistiquée, et toujours aussi belle. Ses cheveux ondoyaient sur ses épaules, ses yeux verts étaient soulignés par une ombre à paupières cendrée, et sa bouche pleine, appelant le baiser, était fardée de rose. Elle portait son collier en or et une ribambelle de bracelets dorés au bras droit. Une fois encore, il se demanda ce qu'une telle femme faisait toute seule sur une île à des milliers de kilomètres de chez elle – surtout à Noël.

Il la fit asseoir et commanda des boissons – une bière pour lui, un cocktail de fruits savoureux pour elle. Il fit cliqueter son verre contre le sien.

— *Manuia*... santé !

— Santé ! Comment avez-vous dit, avant ?

— *Mah-noui-yah*. C'est notre façon de porter un toast.

Elle leva de nouveau son verre vers le sien.

— Mah-noui-yah, fit-elle, s'essayant de façon crédible au parler *te roa* tahitien.

Sa tentative lui fit plaisir.

— Quel merveilleux endroit ! lança-t-elle en promenant le regard autour d'elle.

— Ce bar est très couru : il est célèbre pour ses cocktails, et on y mange bien, dit-il.

C'était un lieu spacieux, dans le style traditionnel polynésien, avec des piliers en bois et un toit de feuilles de pandanus tissées. Il y avait un sapin de Noël dans un angle, des décorations et des lumières suspendues aux poutres du plafond. Décembre était la basse saison à Bora-Bora, mais le bar était plein à craquer. Pour Kaï et sa famille, c'était un endroit touristique qu'ils avaient tendance à éviter, et c'était pour cela qu'il l'avait choisi comme lieu de rendez-vous – il était moins probable qu'on l'y voie avec Sienna.

Elle leva les yeux vers le toit de chaume de la véranda.

— Je suis fascinée, dit-elle. Cet endroit occupe la plage comme s'il y avait poussé en même temps que les palmiers. Et le mobilier en bambou a un chic fou ! Tout est harmonieux. Est-ce un bâtiment typique de Bora-Bora ?

— On l'a bâti dans le style d'un faré, la maison tahitienne traditionnelle, dit Kaï.

— Ce n'est pas très authentique, alors ?

— Disons qu'il l'est plus ou moins.

— Je suis décoratrice d'intérieur. Je suis en vacances et censée ne pas penser du tout à mon travail. Mais quand je vois un lieu pareil, j'ai du mal à l'oublier.

— C'est compréhensible, si votre travail est important pour vous, observa Kaï.

Pendant des années, son job avait été au centre de sa vie,

passant même avant toute relation sentimentale. Une femme plus âgée lui avait brisé le cœur lorsqu'il avait dix-huit ans. Cette relation était vouée à l'échec, mais il ne s'en était pas rendu compte à l'époque. Une seule femme, depuis, l'avait sérieusement attiré, une Australienne prénommée Paige rencontrée lors d'une compétition de surf – mais elle ne lui avait accordé qu'une aventure sans lendemain, avant de disparaître sans même un au revoir. Cela lui avait fait mal de découvrir, en s'éveillant, qu'elle n'était plus là. Pendant longtemps, il n'en avait pas eu de nouvelles. Et quand il l'avait revue, les circonstances avaient été très différentes. Mais il n'allait pas s'attarder sur ses peines de cœur.

Après ces histoires ratées, il s'était promis de ne plus s'attacher. Mû par la volonté farouche de faire ses preuves auprès de ses parents, des enseignants qui l'avaient expulsé du lycée, et de ceux qui, sur le circuit international, avaient fait fi de ses ambitions, il avait peu à peu pris des responsabilités qu'il n'aurait jamais cru assumer un jour.

— Ce n'est pas bon de penser toujours au travail. En fait, c'est malsain, selon ma famille, dit Sienna en esquissant une moue. Alors, je me retiendrai de demander la provenance de ces superbes fauteuils en bambou !

— Sentez-vous libre de demander ce que vous voulez.

Un silence inconfortable s'installa entre eux, lourd de questions informulées. Ils se lancèrent en même temps :

— Je voulais seulement sav...

— Il faut que vous sachiez...

Elle le dévisagea, et ils éclatèrent de rire en chœur. Le visage rosi, les yeux pétillants, elle était d'une beauté bouleversante.

— Vous d'abord, dit-il.

Elle le regarda, l'air presque grave.

— J'aimerais tout d'abord savoir pourquoi vous ne pouvez pas me donner un troisième cours de kitesurf. Et ensuite, pourquoi vous m'avez invitée pour en parler.

Heureusement, le serveur se présenta avec leurs boissons, et Kaï eut le temps de rassembler ses idées. Il ne s'était pas attendu à ce qu'elle soit si directe. Il décida de dire tout simplement la vérité.

— Parce que je ne suis pas moniteur de kitesurf, dit-il en se penchant par-dessus la table. Je ne l'ai jamais été.

Elle sourit, l'air secoué.

— Quoi ? Non, ce n'est pas possible ! Vous êtes forcément moniteur. Vous m'avez donné deux cours. Vous en donniez à ces filles. Je vous ai entendus.

— Ces filles sont mes nièces.

— Vous ne leur donniez pas de cours ?

— Je gardais l'œil sur elles.

— Mais j'ai cru... j'ai cru que vous étiez...

— Je sais.

Elle se couvrit le visage à deux mains.

— Je suis si gênée !

— Ne le soyez pas, je vous en prie. Vous ne pouviez pas savoir. J'avais sûrement l'air d'un moniteur.

— Pourquoi ne m'avez-vous rien dit ? Pourquoi avez-vous accepté de... ?

— De vous donner un cours ? Parce que j'ai lu dans vos yeux un intense désir d'être sur les vagues, de ressentir la joie et la liberté de filer sur l'eau. Parce que vous l'avez demandé gentiment. Parce qu'il m'a semblé qu'il serait agréable de passer le temps en apprenant le kitesurf à une belle femme. Si je n'ai pas trouvé avisé de donner un troisième cours, c'est que je ne suis pas porté sur le mensonge. Et il ne faudrait pas longtemps pour qu'une personne de ma connaissance nous voie ensemble et se montre curieuse.

— Oh ! dit-elle, déroutée. Donc, si vous n'êtes pas moniteur de kitesurf, qui êtes-vous ? Parce qu'en tout cas vous étiez à votre affaire en formant la débutante que je suis.

C'était un moment de gêne, mais Kaï ne regrettait pas d'avoir noué connaissance avec Sienna sans qu'elle sache qui il était. Il se pencha un peu plus pour dominer le vacarme et rester discret.

— Pour en revenir à la combinaison qui vous plaît tant... Avez-vous noté la marque de cet équipement ?

— Oui. Wave Hunters. Je l'ai souvent vue sur des maillots et des palmes. On vend cette marque à la boutique de la piscine que je fréquente à Londres.

— Eh bien, Wave Hunters, c'est moi.

— Je ne suis pas sûre de comprendre, Kaï.

— Je possède cette entreprise.

— Vous êtes le propriétaire de Wave Hunters ?

— J'ai commencé par une planche de surf pliable et légère, et je me suis développé à partir de ça.

— Vous voulez dire que c'est une grosse entreprise ?

— L'une des plus importantes, dit-il, une note de fierté dans la voix. Nous nous sommes diversifiés pour englober d'autres sports nautiques.

Il disait « nous », mais l'entreprise était tout à lui. Ses collaborateurs étaient des employés, pas des associés.

— Y compris le kitesurf ?

— Oui. Le matériel que vous avez utilisé est le mien. Il ne porte pas encore la marque Wave Hunters, car c'est un prototype. L'une des raisons pour lesquelles vous avez si vite réussi à le manœuvrer est que la planche, la voile et le harnais sont conçus pour une facilité d'usage optimale.

— Donc, la combinaison est un authentique porte-bonheur !

— C'est un modèle déjà bien établi. On le vend dans la boutique de votre résidence.

— Je peux l'acheter là-bas, alors ? Ou dois-je vous payer directement ? dit-elle en prenant le petit sac qu'elle avait posé sur la chaise proche d'elle.

— La combinaison est à vous. Vous n'avez pas à la payer. Rangez donc ce portefeuille.

— Mais...

— Comment pourrais-je vous faire payer une combinaison porte-bonheur ? Une transaction commerciale risquerait de la déposséder de ses pouvoirs.

Un sourire réticent s'esquissa sur les lèvres de Sienna. Elle avait vraiment une très belle bouche. *Une bouche faite pour le baiser.*

— Vous n'allez pas consentir à ce que je paye, n'est-ce pas ?

— En effet.

Le coût ne représentait rien pour lui, mais il n'aurait pas pu le dire sans paraître arrogant.

— Je sais que vous désirez vous offrir une combinaison, mais il vous faudra l'accepter comme cadeau de ma part. Elle vous va à ravir. C'est de la bonne publicité pour Wave Hunters.

— Et les deux cours ?

— Légalement, je ne pourrais pas vous les faire payer. D'ailleurs, je ne veux pas. C'était un plaisir de vous entraîner. Il y a une troisième question que vous devriez me poser.

— Laquelle ?

— Pourquoi ai-je accepté de vous donner un deuxième cours ?

— D’accord, je joue le jeu. Pourquoi ?
— Parce que je voulais vous revoir.
Il eut un temps d’arrêt. Puis il reprit :
— Vous me plaisez vraiment, Sienna.

4

Kaï lui plaisait aussi. Elle était même follement attirée par lui. Bien sûr, elle ne pouvait pas l'avouer. Elle réussit tout juste à dire, d'une voix quelque peu étranglée :

— Pareil. Je veux dire… vous me plaisez aussi.

Pendant un long moment, ils se regardèrent, souriants. Un moment inattendu, merveilleux, et juste un peu gênant. Comment allait-elle gérer ça ?

— Et… j'aimerais vous connaître mieux, réussit-elle à dire, fière d'avoir pris l'initiative.

— Moi aussi.

Sienna se sentit toute réchauffée par la sincérité de son regard brun, si profond. Peu importaient les circonstances de leur rencontre. Elle était contente qu'elle ait eu lieu. Kaï paraissait détendu et à l'aise, en chemise blanche décontractée et pantalon, et il était, de très loin, le plus bel homme du café-restaurant.

— Je doute que je vous surprendrai avec des révélations comme vous l'avez fait avec moi, dit-elle.

— Peut-être.

Il avait parlé de façon énigmatique. Elle réalisa qu'elle savait très peu de choses sur lui et désirait en connaître beaucoup plus.

— Puis-je suggérer qu'on accorde toute notre attention au coucher du soleil, pour le moment ? reprit-il. Nous pourrons discuter après.

Elle adorait son accent français, et la manière un peu formelle dont il s'adressait à elle, qui lui rappelait que l'anglais était sa seconde langue, même s'il le parlait à la perfection.

Elle regarda avec émerveillement le soleil qui, de l'autre côté du lagon, amorçait sa descente derrière la silhouette ombreuse du mont Otemanu et inondait le ciel de ses ultimes rayons roses, orange et rouges, en contraste avec les variations turquoise de l'eau.

— Les gens viennent de l'autre bout du monde pour voir ce coucher de soleil. Je ne m'en lasse pas, dit Kaï, d'une voix basse et contenue.

— C'est une splendeur, murmura-t-elle.

Tout semblait si irréel ! Trois jours plus tôt, elle était à Londres, enveloppée dans un manteau et chaussée de bottes, sous la pluie et le ciel sombre, en route vers la maison familiale de Chiswick où elle vivait temporairement. Elle aimait Londres, bien sûr, malgré la pluie et le reste : c'était chez elle. Mais Bora-Bora était l'incarnation d'un rêve. Ici, elle était au paradis, auprès de cet homme plus que séduisant, et elle avait du mal à croire qu'elle ne rêvait pas.

Les clients soupirèrent lorsque le soleil disparut. Tout le monde avait dû, comme elle, retenir son souffle face à la beauté du spectacle, puis le relâcher alors que la montagne sombrait dans la nuit. De nouveau, elle était entourée de couples énamourés – le coucher de soleil était romantique. Qui sait, les gens les prenaient peut-être pour un couple, Kaï et elle ? C'était bon de ne pas être seule en tout cas.

— Les mots me manquent, reprit-elle en se tournant vers son compagnon.

— Et le plus beau, c'est qu'on pourra le contempler de nouveau demain soir.

Voulait-il dire elle et lui, ou était-ce un « on » qui englobait tout le monde ? Le reverrait-elle, maintenant que les cours de kitesurf ne se renouvelleraient plus ?

— C'est un cadeau que la nature renouvelle chaque jour, dit-elle en s'efforçant de garder une voix égale – ce qui était difficile, tant elle était troublée par sa présence virile.

— C'est l'idée, oui.

— Je me sens très proche de la nature, ici. J'aimerais...

Elle s'interrompit.

— Oui ? Qu'est-ce que vous aimeriez ?

— Il y a des choses que j'ai toujours eu envie de faire, et que je n'ai pas pu faire parce que...

— Une liste de souhaits à réaliser, c'est ça ?

Sienna hocha la tête.

— On peut appeler ça comme ça. Visiter une île tropicale était presque en haut de la liste, et mes sœurs m'ont aidée à y parvenir. Je m'étais dit que je pourrais en réaliser d'autres pendant mon séjour ici, mais je ne suis plus très sûre de... Tant pis !

— Pourriez-vous partager votre liste de souhaits avec moi ? Je pourrais peut-être vous aider.

Accordait-elle trop de sens à son expression en supposant qu'il avait intuitivement compris pourquoi ses souhaits étaient restés irréalisés pendant tout son mariage ?

Il y avait des éléments de sa liste qu'elle ne confierait pas à Kaï. Il semblait aujourd'hui qu'elle ne réaliserait jamais le tout premier et plus important souhait : *avoir deux enfants.*

Il y en avait un autre qu'elle garderait pour elle : *dormir à la belle étoile* – cela semblait trop intime.

— Vous êtes sûr ?

— Sienna, mon travail me conduit un peu partout dans le monde. J'ai grandi à Papeete. J'ai un appartement en Californie, à Huntington Beach. Mais je suis à Bora-Bora jusqu'au nouvel an, pour être en famille avant de repartir pour affaires. Je pourrais être votre guide, veiller à ce que vous réalisiez certains de vos souhaits.

Elle aurait volontiers fermé les yeux et écouté indéfiniment ce délicieux accent français.

— C'est très gentil de votre part, dit-elle, son cœur s'accélérant à l'idée de le revoir plus longuement. Je suis ici jusqu'au lendemain de Noël. J'avais l'impression d'avoir beaucoup de temps devant moi en arrivant, mais il semble se réduire à la vitesse de l'éclair. Si vous êtes sûr de pouvoir le faire, j'aimerais beaucoup accepter votre offre.

Kaï allait répondre quand un jeune homme, blond et bronzé, l'aborda. Il salua Sienna d'un signe avant de s'adresser à Kaï en français. Elle comprit l'essentiel – c'était un fan enthousiaste. Kaï conclut poliment la conversation et, après une longue poignée de main, le jeune homme partit.

— Vous avez un fervent admirateur, dit Sienna. Wave Hunters doit être très populaire.

Kaï se mit à rire.

— Avant Wave Hunters, j'étais surfeur. C'est de là qu'il me connaît.

— Pas n'importe quel surfeur, j'ai l'impression.

— J'étais professionnel sur le circuit international.

— Je suis impressionnée. Est-ce que vous êtes aussi champion de kitesurf ?

Il secoua la tête.

— Le kitesurf, c'est pour le plaisir. Le surf était une époque exaltante de ma vie, dit-il. Et ce que j'ai appris en compétition a conduit à ma réussite avec Wave Hunters.

— Votre fan a mentionné plusieurs fois Teahupo'o. Est-ce une personne ou un lieu ?

— Teahupo'o est une célèbre vague tahitienne. Elle est immense et potentiellement mortelle. C'est aussi l'une des plus belles, fascinantes et stimulantes de la planète. Les grands surfeurs du monde entier viennent se mesurer à elle.

— Et vous avez surfé cette vague si redoutable ?

— J'ai surfé Teahupo'o pour la première fois quand j'avais treize ans. Vous ne trouverez mon nom nulle part sur les tablettes, mais je l'ai fait, et devant témoins.

— Le type de tout à l'heure a dit que vous étiez une légende. Est-ce vrai ?

— Certains le prétendent, dit-il avec la modestie dont elle commençait à être familière. Mais comment définir une légende ?

Qui donc était Kaï Hunter, exactement ? se demanda-t-elle. Il était beaucoup plus complexe qu'elle ne l'avait imaginé. Elle sentait qu'il lui réservait d'autres surprises. Elle ferait une recherche sur le Net dès qu'elle serait de retour à la villa !

— En tout cas, ce jeune homme était en admiration devant vous, dit-elle.

— Il aspire à devenir surfeur professionnel. Vous avez compris ce qu'il disait ?

— Je parle un peu français, certes pas aussi bien que vous parlez l'anglais. Je me rends régulièrement en France pour des foires professionnelles et j'y recherche aussi des antiquités pour mes clients. Je dois être capable de négocier.

Ses déplacements dans les marchés aux puces français et les publications qu'elle en faisait sur les réseaux sociaux étaient parmi les plus populaires auprès de son million et plus de followers. C'était son style qu'on applaudissait : un mélange éclectique de pièces design haut de gamme et de trouvailles de seconde main, de contemporain et de vintage, conférant une allure tendance à des objets oubliés dans des greniers. La décoration d'intérieur pour particuliers était sa spécialité, qu'elle pratiquait aussi parallèlement pour des restaurants à la mode et des boutiques originales.

— Votre métier m'intéresse, dit Kaï. Mais nous devons d'abord nous occuper de votre liste de souhaits. Je connais très bien cette île, je pourrais servir de guide.

— Vraiment. Vous feriez ça ?

— Vous réaliseriez plus vite vos projets avec mon aide.

Sienna regrettait presque d'avoir mentionné sa liste de souhaits à accomplir. Plus elle avait de recul sur sa vie de couple, plus elle s'étonnait d'avoir permis à Callum de la dominer à ce point. Certains éléments de sa liste y stagnaient depuis l'époque d'avant son mariage. Il est vrai que, lorsqu'elle avait connu Callum, elle avait dix-huit ans, guère d'expérience des hommes, et était aveuglée par l'amour. Elle avait cru que le compromis était nécessaire dans un mariage ; mais, dès le départ, elle avait été la seule à y consentir. Elle avait laissé faire, et il n'y avait pas de quoi s'enorgueillir. Plus jamais elle ne permettrait ça !

— J'aimerais vous expliquer quelque chose, dit-elle. Je me suis mariée très jeune, et mes centres d'intérêt ne cadraient pas avec ceux de mon mari. Quand j'avais envie de faire du kitesurf et de la randonnée palmée, il voulait skier. Quand je désirais partir en randonnée, il comptait faire du vélo.

— Donc vous avez appris à faire du snowboard et de la bicyclette ?

— C'est ça.

Quand elle avait envisagé de se marier, ses parents l'avaient mise en garde.

— Je ne fais pas confiance à Callum, je doute qu'il ait ton intérêt à cœur, avait fait valoir sa mère.

Évidemment, Sienna leur en avait voulu de se mêler de sa vie. Ce n'était qu'après la séparation, cependant, qu'ils avaient révélé toute l'étendue de leur antipathie pour Callum.

Thea et Eliza, elles, n'avaient jamais caché leurs sentiments à son sujet. Elles l'avaient pressée de se dégager du mariage si elle avait le moindre doute. Et vers la fin de son union, ses sœurs lui avaient révélé les surnoms épouvantables dont elles avaient affublé Callum. Au début de son mariage, Sienna leur aurait fait des reproches – là, elle en avait ri avec elles.

— La navigation à voile et la randonnée palmée font-elles partie de vos souhaits ? demanda Kaï. Dans ce domaine, je peux certainement vous aider.

— Oui. Le kitesurf aussi. Et le surf, mais pas sur des vagues géantes.

— Vous avez déjà essayé le kitesurf.

— Mais je veux continuer ! Il va juste falloir que je trouve un autre moniteur.

— Pas la peine. Vous pouvez faire du kitesurf avec moi.

— Mais vous avez dit qu...

— Pas en tant que moniteur, mais comme ami, coupa Kaï. Et guide d'initiation aux merveilles de Bora-Bora.

Elle sourit.

— J'aimerais bien ! Merci.

— Comme je l'ai déjà dit, ici, ce n'est pas idéal pour s'initier au surf. Les meilleurs spots pour débutants se trouvent sur l'île de Tahiti, aux célèbres plages de sable noir. C'est là que j'ai appris à surfer.

— Mais Tahiti est loin. Il m'a fallu plus d'une heure pour rejoindre Bora-Bora en avion depuis Papeete.

— Il y a un ferry de temps à autre, mais ça prend environ sept heures.

— Il ne me reste que neuf jours de vacances. Je ne veux pas perdre du temps à voyager.

— Il y a une autre possibilité. Sur une île privée, Motu Puaiti, pas très loin de Bora-Bora, il y a une plage de sable et une déferlante idéale pour débuter.

— Une île privée ? Vous pouvez obtenir la permission d'y aller ?

— Ce ne sera pas un problème. Si vous voulez apprendre à surfer, je peux vous y emmener. Ce n'est qu'à quinze minutes en hors-bord.

— Oui, s'il vous plaît ! Pour la randonnée palmée et tout le reste. Où dois-je m'inscrire ?

Kaï ne tenait pas à connaître les détails de la rupture entre Sienna et son ex-mari, mais la voir déterminée à vivre sa vie plutôt que d'être dans l'ombre de son ex semblait positif.

Non qu'il fût expert en relations sentimentales – loin de là. Sa carrière de surfeur n'avait pas laissé de place pour un engagement. Il courait le monde, ne voulait pas se fixer. Il avait besoin de toute son énergie pour surfer les vagues les plus difficiles du monde et alimenter l'ambition nécessaire pour les maîtriser. Après le lancement de Wave Hunters, il s'était concentré sur le travail à l'exclusion du reste. Sa planche de surf pliable, recyclable et de haute performance avait remporté un succès immédiat, et quand il avait commencé, avec d'autres, à gagner des compétitions sur cette planche, les ventes avaient explosé.

Il avait toujours supposé qu'un jour il se marierait et fonderait une famille. Mais son style de vie ne favorisait pas les relations de longue durée ni les projets familiaux. Encore *une vague à dompter, encore un nouveau produit à lancer pour Wave Hunters* – cela avait toujours eu la priorité. Il avait eu des partenaires, mais ses liaisons avaient toujours pris fin soit parce que la petite amie du moment s'était lassée d'attendre son retour d'une énième compétition de surf, soit parce qu'il avait pris la tangente quand elle avait suggéré qu'ils passent à l'étape suivante dans leur relation. Il n'était pas prêt.

Une femme avait retenu son attention, quelques années auparavant, à une époque où il se sentait seul : Paige. Il était au Sri Lanka, à la fois comme juge invité d'une compétition sur la côte ouest et pour rendre visite à des fournisseurs. Elle était la kiné des surfeurs australiens, un peu plus âgée que lui, jolie, drôle et insaisissable.

Ils avaient flirté, mais ce n'était pas allé au-delà jusqu'à leur dernier jour au Sri Lanka, où elle lui avait offert une nuit – une seule, et qui resterait sans lendemain. Il s'était laissé tenter, et avait été surpris de sa tristesse quand il avait découvert, au réveil, qu'elle était partie. Même s'il respectait son choix, cela l'avait blessé.

Puis, un an plus tôt, quelqu'un avait laissé un bébé de six mois, une petite fille, dans un panier, à la réception de Mareva, la résidence hôtelière de ses grands-parents. Il y avait un certificat de naissance le désignant comme père, et un mot de la maman – Paige – disant qu'elle aimait Kinny mais ne pouvait plus s'occuper d'elle. La toute petite fille était bien nourrie, en bonne santé, et vraiment adorable. Son arrivée avait provoqué un séisme dans la famille, et Kaï avait été bombardé de questions auxquelles il avait été bien en peine de répondre. Comment expliquait-on une aventure d'une nuit à des parents conservateurs ? Un test ADN avait prouvé qu'il était bien le père. Il doutait que Paige, d'un naturel très franc, ait pu mentir sur quelque chose d'aussi important. Mais il lui avait fallu une certitude.

Sa plongée soudaine dans la paternité avait changé sa vie. Il acceptait pleinement ses responsabilités envers cette enfant. Mais l'éducation de Kinny était devenue un numéro de voltige. Ses grands-parents, qui adoraient la petite, étaient heureux qu'elle vive avec eux tandis qu'il partageait son temps entre Bora-Bora et de longs voyages d'affaires. S'il aimait Kinny, il n'avait pas le sentiment d'être un « vrai » père pour elle. Plutôt un visiteur dans sa vie. Il voulait qu'elle grandisse près de lui, mais ne pouvait pas diriger son entreprise sans quitter régulièrement Bora-Bora. Les solutions ne se trouvaient pas aisément.

Et voici qu'il rencontrait une femme qui lui inspirait une attirance immédiate ! Une femme qui vivait et travaillait à Londres, à l'autre bout du monde. Une femme qui pourrait se dérober en découvrant qu'il avait une fille de dix-huit mois. Mais il brûlait les étapes, là ! Il connaissait à peine Sienna !

— Si nous faisions un programme pour les prochains jours ? suggéra-t-il.

— Oui. Ne perdons pas de temps.

Une fois encore, il aima son enthousiasme et son énergie.

— Je conseille d'essayer la randonnée palmée ici dans le lagon, dès demain. La météo sera bonne. Il y a de beaux poissons, des raies et des requins comme compagnons de nage.

Il attendit sa réaction. Elle ne le déçut pas. D'abord, elle pâlit. Puis elle eut un hoquet.

— Des requins ?

— Amicaux, dit-il.

— Ça existe, des requins amicaux ? Je n'y crois pas.

— Les requins à pointes noires sont petits et très timides. Ils ne s'approcheront pas de vous. Ils sont habitués à ce que les gens plongent dans leurs eaux, on ne les dérange pas.

— Vous en êtes sûr ?

— Il suffit d'avoir un comportement sensé, ne pas les nourrir ni les toucher.

— Toucher un requin est la dernière chose qui me viendrait à l'idée !

Kaï éclata de rire.

— Non, sérieusement. Les requins sont importants dans l'histoire et la culture de la Polynésie française. En fait, c'est une espèce protégée, ici. Il y a des requins plus grands, mais en haute mer, au-delà du lagon, et ils ne sont pas connus pour être mangeurs d'hommes.

— Et les raies ?

— Les raies font depuis si longtemps partie de la vie, ici, que nous les considérons un peu comme des animaux de compagnie. D'accord pour que je passe vous prendre à quai avec mon kayak à votre résidence ? À 9 heures ? Mettez votre combinaison de plongée.

— Entendu. Et pour ce qui est du matériel ?

— J'apporterai ce qu'il faut.

— Merci, dit-elle, les yeux brillants. J'ai hâte d'y être !

— Nous déterminerons le reste de votre emploi du temps pendant le dîner.

— Le dîner ?

— Il est l'heure de dîner. Les fruits de mer sont excellents, ici. Accepteriez-vous de vous joindre à moi pour le repas ?

— Oui, volontiers. J'avoue que je meurs de faim.

— Ensuite, je vous raccompagnerai à votre villa.

5

Le lendemain matin, Kaï était sur le quai de la résidence hôtelière, avec son kayak à deux places, lorsque Sienna arriva. Il ne la vit pas venir alors qu'il examinait l'extrémité d'une des pagaies du kayak, et elle disposa d'un moment pour observer et admirer l'homme qui occupait tant ses pensées. Il avait l'air d'un Polynésien parmi d'autres, beau à tomber, vêtu d'un short marin rouge et blanc et d'un maillot noir. Mais il n'avait rien d'ordinaire, en réalité.

Dès qu'elle était rentrée à sa villa, la veille au soir, elle avait découvert, après une rapide recherche sur Internet, que Wave Hunters était l'une des plus grandes marques mondiales d'équipements de sports nautiques. Dire qu'elle lui avait demandé si son entreprise était importante ! Kaï Hunter n'était pas seulement un surfeur de légende, c'était aussi un milliardaire. Il était également connu pour être un play-boy et n'avait jamais été vu deux fois avec la même petite amie.

Sautant de page web en page web, elle s'était sentie plutôt ridicule en découvrant toute la vérité sur l'homme qu'elle avait pris pour un moniteur de kitesurf. Il avait dû la trouver stupide ! Pourquoi quelqu'un comme Kaï aurait-il voulu passer du temps avec elle, l'aider à réaliser ses souhaits, alors qu'elle n'évoluait certes pas dans le même milieu que lui ?

Il avait fortement minimisé, la veille au soir, ses réussites et sa réputation ! Mais pouvait-elle l'en blâmer ? Elle l'aurait trouvé prétentieux s'il s'était présenté comme un homme riche et célèbre. Il avait été honnête avec elle et n'avait joué aucun jeu.

« Vous me plaisez », avait-il dit. Alors, pourquoi se sentait-elle si intimidée à l'idée d'être avec lui quand elle avait été si à l'aise auparavant ?

Quand Kaï leva les yeux et s'avança vers elle, elle sentit son cœur s'accélérer à la vue de ce sourire ravageur. Elle devait à tout prix surmonter son manque d'assurance et profiter de sa compagnie.

— Vous avez mis la combinaison porte-bonheur, dit-il.

— Oui. Avec un peu de chance, elle a aussi un pouvoir de protection contre les requins mangeurs de dames.

Elle avait du mal à plaisanter alors qu'elle se sentait si gênée, et elle avait parlé d'un ton guindé.

— J'en jurerais, dit-il, se prêtant à son jeu. L'eau est chaude, mais vous serez contente d'avoir une combinaison si une raie vous effleure.

— Merci pour l'avertissement, dit-elle avec un frisson. Vous avez dû faire un long trajet pour venir me chercher ?

S'ils avaient beaucoup bavardé la veille, elle n'avait pas pensé à lui demander où il habitait sur l'île. Il marqua un temps d'arrêt.

— Pas du tout. J'ai dormi dans cette résidence, la nuit dernière.

— Dans une villa ?

Il secoua la tête.

— Pas comme client. Dans un appartement réservé à

ma famille. Mareva appartient à mes grands-parents. Nous avons tellement discuté, hier soir, que je... eh bien, je n'ai pas trouvé le moment de vous le dire.

Il y avait dans sa voix une tension qui lui donna à penser qu'il lui avait délibérément caché cette information, et elle se demanda pourquoi. Entre eux, la tension avait été presque palpable quand ils avaient marché côte à côte jusqu'à sa villa. Elle n'avait pas envie de le quitter, et avait fantasmé un peu sur un scénario sexy entre elle et lui. Mais il n'y avait pas eu de baiser de bonne nuit, pas de contact, et c'était bien comme ça. Elle ne ferait pas le premier pas. Pas après avoir subi tant de rejet de la part de son ex. S'il devait se produire quelque chose entre elle et Kaï, cela n'aurait lieu que s'il en prenait l'initiative.

— Alors, vous habitez ici ? Vos grands-parents habitent ici ?

Avait-elle été en contact avec les grands-parents de Kaï à son insu ? Peut-être pas. Tous les membres du personnel qu'elle avait rencontrés étaient jeunes.

— La réponse est « non » aux deux questions. Mes grands-parents vivent sur une île privée près d'ici. J'y ai mes appartements et j'y séjourne lorsque je suis à Bora-Bora. Mais il arrive qu'il soit plus commode de rester à Mareva. Ma *mama'u* et mon *papa'u* viennent ici souvent, même s'ils ne travaillent plus autant qu'avant. J'ai pour habitude d'occuper les lieux réservés à la famille quand il est trop tard pour que je rentre à la maison.

Sienna nota qu'il n'avait pas fait mention de ses parents, et elle se demanda pourquoi. Mais elle n'avait pas envie de paraître trop curieuse. Leur conversation de la veille, plus générale, avait porté sur la délicieuse cuisine du bar-restaurant et sur d'autres lieux de Bora-Bora dont Kaï pensait qu'ils l'intéresseraient.

— Est-ce l'île privée que vous avez mentionnée, bonne pour le surf ?

— Non. Il y a beaucoup d'autres *motus* à courte distance.

— *Motu* signifie île, n'est-ce pas ?

— Oui. Ce mot désigne une petite île, un atoll corallien. Mes grands-parents vivent sur un autre *motu*. C'est la demeure familiale, en quelque sorte. Mon frère, qui réside en France, est venu pour Noël. Il est le papa des deux jeunes filles avec lesquelles vous m'avez vu faire du kitesurf.

Et le bébé ?

Elle n'osa pas poser la question. Il n'était nulle part fait mention d'un enfant dans les articles consacrés au fondateur de Wave Hunters.

— Un Noël en famille, dit-elle, domptant mal son intonation nostalgique.

— Où que je me trouve dans le monde, je reviens à Bora-Bora pour les fêtes de fin d'année. Cela fait plaisir à mes grands-parents.

S'il venait, ce n'était pas seulement parce que c'était un paradis, mais parce qu'il voulait être en famille. Sienna appréciait ça. Callum n'avait pas été proche des siens, même s'il travaillait dans la compagnie immobilière de son père. Ils avaient semblé unis, et c'était un des éléments qui l'avaient poussée à l'épouser. Or ce n'était qu'une apparence. En réalité, une rivalité féroce s'était développée entre Callum et son frère, car leur père jouait de l'un contre l'autre. Les Reeves ne se donnaient guère de mal à Noël, ni d'ailleurs aux anniversaires, et Callum estimait que les Kendall, de leur côté, en faisaient trois fois trop...

— C'est merveilleux d'avoir un si bel endroit pour maison, dit-elle en englobant d'un geste du bras les villas nichées parmi les fleurs tropicales, au bord du lagon.

— Ici, je peux me détendre, dit Kaï. Les gens me connaissent pour ce que je suis. Je n'ai pas besoin de faire semblant.

Qu'aurait-elle pu dire d'autre ? Rien, vraiment rien ne lui venait. Un silence gêné s'installa entre eux.

— Est-ce que ça va ? demanda-t-il.

Il était tout près, scrutant son visage du regard – et elle sentit qu'elle ne pourrait pas lui cacher ce qu'elle ressentait.

— Oui, ça va. Pour ce qui est d'hier... et de vos révélations. Je ne savais pas que Wave Hunters était aussi important, ni que vous... étiez milliardaire.

— Vous avez effectué des recherches en ligne ?

— Oui.

— Et ça change quelque chose ?

Elle ne pouvait pas lui avouer qu'elle se sentait tout de même un peu intimidée par ce qu'elle avait découvert.

— Bien sûr que non. En quoi ça changerait quelque chose ?

— Les médias m'appellent le « milliardaire célibataire », mais ce n'est qu'une étiquette. Je suis simplement celui qui vous a appris le kitesurf, et qui a partagé avec vous l'émerveillement d'un coucher de soleil.

Il marqua une pause, la regarda de plus près, et elle eut un frisson.

— Le même homme qui a grand plaisir à vous connaître.

Les doutes et les craintes de Sienna se dissipèrent sous l'intensité de son regard.

— Moi aussi, j'ai grand plaisir à vous connaître.

Il était si près qu'elle se sentit prise de vertige. Elle aurait pu se noyer dans ses yeux si noirs, si profonds !

— Vous n'êtes pas la seule à avoir enquêté sur le Net, dit-il.

— Vous avez fait des recherches sur moi ?

— Je suis vraiment impressionné. Non seulement vous êtes une influenceuse avec plus d'un million d'abonnés accros à vos conseils déco, mais vous avez aussi travaillé pour un des plus anciens et prestigieux studios de création de Grande-Bretagne.

— J'ai été stagiaire chez eux, puis j'ai eu la chance d'obtenir un poste à plein temps.

— Cela ne peut pas être qu'une question de chance. Vous étiez forcément excellente.

Un instant, Sienna fut désarçonnée par ces paroles. Elle avait été si habituée à ce que Callum la rabaisse pendant les dernières années de leur mariage ! Son premier mouvement était toujours de minimiser son talent et ses réussites. Mais elle apprenait à les revendiquer, à les affirmer.

— Je le suis, dit-elle. C'était une expérience merveilleuse, et le fait d'avoir travaillé pour eux m'a beaucoup apporté. Mais j'ai fini par développer le style qui m'est propre, alors qu'ils favorisaient un genre plus traditionnel.

— A-t-il été dur de les quitter ?

— Je ne l'ai jamais regretté. Vous avez dû voir que j'ai commencé par une vidéo documentant la rénovation d'un premier appartement, en plus mauvais état que je ne l'avais supposé. Un mur a failli s'effondrer sur moi lorsque j'ai arraché les épaisseurs de papier peint remontant à l'époque édouardienne. J'en ai fait une vidéo qui est devenue virale. En un rien de temps, je me suis retrouvée avec des clients et des abonnés, et ma propre affaire : Sienna Kendall Designs.

Elle n'avait jamais recouru au nom de Reeves dans son job.

— Je parie qu'il est dur d'oublier vos activités professionnelles.

— Oh oui ! J'ai programmé des posts en ligne pendant mon séjour pour ne pas perdre ma place dans le classement, mais c'est presque une dépendance. Et vous ?

— Je n'arrive jamais à me déconnecter de Wave Hunters.

J'ai une excellente équipe de dirigeants, mais c'est toujours ma responsabilité qui est engagée.

— Même à Bora-Bora ?

— Surtout à Bora-Bora, quand je ne peux pas être sur le terrain. Je passe une grande partie de mon temps en ligne.

— Sauf quand vous m'initiez au kitesurf.

— Et à la randonnée palmée.

Une nouvelle addition à sa liste de souhaits traversa soudain l'esprit de Sienna : « Passer une nuit avec le beau Kaï Hunter. »

Elle pressentait que Kaï était un amant passionné, et jamais elle n'avait été aussi attirée par un homme. Elle baissa les yeux, redoutant qu'il devine son désir.

— En parlant de randonnée palmée... Je dois vous avouer que je ne sais pas faire du kayak. Mais une de mes copines de fac venait de Lake District, et une fois, une seule, nous y sommes allés en groupe et avons visité les lacs. J'ai adoré ça.

— C'est bon signe, dit Kaï en lui tendant une pagaie. Je vais vous montrer comment bien mettre votre masque et votre tuba, et en route !

Le soleil filtrait à travers les eaux aigue-marine, d'une clarté cristalline, dessinant des motifs sur le sable blanc du fond marin ; des plantes aquatiques luminescentes ondoyaient doucement dans le courant, et une myriade de poissons aux couleurs vives fusaient dans le récif de corail. C'était extraordinaire de faire de la randonnée palmée dans le lagon de Bora-Bora avec Kaï ! Il nageait à côté d'elle pour lui désigner les choses intéressantes, et c'était avec un délicieux frisson qu'elle accueillait chaque effleurement de ses jambes ou de sa main. Il y avait quelque chose d'irréel dans cette union sous-marine, sans un mot échangé.

Elle comprit vite comment respirer à l'aide du tuba, et un simple battement des longues palmes la propulsait sans effort dans l'eau. Lorsqu'elle refit surface avec Kaï après une longue plongée, elle souffla pour éjecter l'eau du tuba comme il le lui avait montré, puis retira l'embout de sa bouche, faisant du surplace pour rester à flot.

— C'est un autre monde, là-dessous, dit-elle. Cet endroit est un paradis ! Et vous aviez raison. Les requins de récif ne s'occupent pas de nous, et ne font pas peur. Les raies aussi sont gentilles à leur manière. Et le cormoran qui a plongé tout près de moi pour pêcher un poisson ! Incroyable !

Elle s'interrompit.

— Désolée, je m'emballe…

Kaï sourit, d'un lent sourire décontracté.

— C'est bien d'être enthousiaste. Ça me plaît. Vous êtes adorable !

Et lui était l'homme le plus sexy qu'elle eût jamais rencontré. Mais elle le connaissait trop peu pour oser le dire. Cependant, dans l'eau, elle se sentait dans son élément, et aussi dans son élément avec *lui*. Ils se dévisagèrent en souriant.

Puis, allongeant les bras, il lui ôta son masque à deux mains en le faisant glisser par-dessus sa tête, lui enveloppa le visage de ses mains et l'embrassa. Au milieu du lagon, tandis qu'ils faisaient du surplace pour se maintenir à flot. C'était tout à fait inattendu, mais après une brève hésitation elle lui rendit son baiser. Un baiser tendre, tout comme la caresse de la langue sur la fente de ses lèvres. Pourtant, il était aussi incroyablement sensuel. Il s'y ajoutait la sensation de faire corps avec Kaï, soutenue dans l'eau par sa silhouette puissante, ce qui apportait au baiser une intensité troublante.

Sienna sentit croître son excitation à l'idée de ce qui pourrait se passer ensuite. Elle avait envie de Kaï...

Elle se sépara de lui alors qu'ils refaisaient surface, rieuse.

— J'avais envie de t'embrasser depuis le premier cours de kitesurf, dit-il.

— Eh bien, j'avoue avoir eu la même envie au même moment. Mais je ne m'attendais pas à ce que ça ait lieu en plein lagon.

— Nous acquérons chaque jour de nouveaux talents...

— J'adore la randonnée palmée. Et le baiser, dit-elle – ce qui lui valut une nouvelle et brève caresse.

Comme une embarcation avec un guide et des randonneurs s'approchait, Sienna s'éloigna de Kaï, gênée. Le guide connaissait Kaï, et ils échangèrent un salut.

— Nous avons de la compagnie, lui dit-il à voix basse. Si on reprenait notre balade ?

— Bonne idée !

— Tu es douée pour les sports nautiques. Est-ce que la plongée sous-marine fait partie de ta liste ? Puisque tu aimes la randonnée palmée, tu devrais adorer ce que tu découvriras dans l'océan, loin du lagon.

— Honnêtement, je n'y avais pas pensé. Mais je l'inscris sur la liste.

— Pour la plongée, il faut un moniteur accrédité, et il y a de très bonnes formations, ici. Mais cela prend au moins trois jours.

— Dont je ne dispose pas, hélas.

« La prochaine fois », faillit-elle dire. Mais y en aurait-il une pour elle à Bora-Bora ? Elle avait envisagé ce voyage comme un événement unique dans sa vie ; c'est pourquoi elle était avide d'expérimenter tout ce que l'île avait à offrir.

Et voici qu'à présent il y avait Kaï. Elle n'aurait peut-être pas d'autre occasion de passer du temps avec lui. Elle devait profiter au maximum de chaque instant sans se laisser piéger par ses interrogations sur la tournure que pourrait prendre leur rencontre.

6

Pour la première fois depuis qu'il avait lancé Wave Hunters, Kaï vivait mal le fait que l'entreprise lui prenne autant de temps. Du temps qu'il aurait préféré passer avec Sienna. Il pensait constamment à elle. En fait, elle l'obsédait.

Il n'avait jamais ressenti cela pour une femme. Et il n'était que trop conscient que son court séjour sur l'île s'écoulait rapidement. Il ne savait pas où les mènerait leur attirance, mais il désirait qu'elle les conduise *quelque part*. Même si ce n'était qu'une aventure mémorable. Leur baiser bref et irrésistible, dans l'eau, avait attisé son désir pour elle, qui n'avait cessé de couver sous la cendre dès l'instant où il avait rencontré cette beauté en bikini bronze.

Il ne l'avait pas revue depuis le jour de la randonnée palmée. Il était ensuite rentré chez lui pour s'occuper de Wave Hunters et passer du temps avec Kinny. Sa petite fille grandissait si vite ! Il trouvait de plus en plus dur d'être séparé d'elle.

Mais aujourd'hui, il consacrerait son temps à Sienna. Il ne s'était jamais engagé à fond dans une relation avec une femme. Jusqu'ici, il ne l'avait pas désiré. Maintenant, il était prêt à saisir sa chance avec Sienna, même si leur aventure devait s'arrêter au lendemain de Noël, jour où elle repartirait vers sa vie londonienne. Il ne pouvait pas s'autoriser à penser au-delà. Pas encore.

Ce matin, il l'emmenait à Motu Puaiti, afin qu'elle s'essaye au surf. Il était impatient de la revoir. Si impatient qu'il arriva en avance à la résidence hôtelière. Il descendit vers le ponton en bois qui mordait sur le lagon, se divisait en deux pour desservir toutes les villas privées. Le cœur battant, il ne songeait qu'à la rejoindre au plus vite. Il avait besoin de s'assurer qu'elle était encore là, que les sentiments éprouvés étaient bien réels.

Il sonna à sa porte, et sonna encore car elle ne répondait pas. Elle finit par ouvrir, enveloppée d'un court peignoir en coton blanc, les cheveux mouillés. Avidement, il enregistra les moindres détails : la façon dont le peignoir s'entrouvrait pour révéler ses seins fermes et haut placés, ses longues jambes musclées. Elle était belle, sans maquillage.

— Tu es en avance, dit-elle avec un lent sourire. Je suis allée me baigner dans le lagon, et j'étais sous la douche.

Il l'imagina nue sous le jet, savonnant son corps pulpeux, et réprima un gémissement.

— J'avais hâte de te revoir, répondit-il.

Il vit dans ses yeux verts exceptionnels le reflet du désir fiévreux qu'il éprouvait. Une fois encore, il eut la sensation d'un lien, d'une fatalité de la rencontre. Le monde environnant semblait dériver au loin, les sons lui parvenaient amplifiés : le clapotis de l'eau contre les pilotis de la villa, le cri d'un oiseau de mer, l'accélération du souffle de Sienna, les battements de son propre cœur.

— Je… Tu m'as manqué, dit-elle dans un murmure.

— À moi aussi, tu m'as manqué, répondit-il, heureux de savoir qu'elle éprouvait la même chose que lui.

L'écart qui les séparait fut réduit à néant alors qu'ils

faisaient un pas l'un vers l'autre. Enfin, il la tenait dans ses bras, souple et chaude. Il émit un soupir de soulagement. C'était là qu'il voulait être. Avec elle. *Sienna*.

Il l'embrassa, et elle lui rendit son baiser – timidement d'abord. Puis elle noua les bras autour de son cou pour l'attirer plus près et lui offrit sa bouche. Elle était nue sous le peignoir, il sentait buter les pointes de ses seins contre son torse, à travers le T-shirt qu'il portait. Ils s'embrassèrent longuement, et il promena les mains sur la peau de Sienna, effleurant ses seins.

Était-ce trop, trop vite ? Elle s'écarta, haletante, mais il la retint dans le cercle de ses bras.

— Je voulais ne rien précipiter, mais le temps nous échappe. Nous avons toute une journée devant nous à Puaiti. On pourrait passer la nuit là-bas. Sans vouloir te bousculer...

— Oui, j'aimerais passer la nuit là-bas. Et tu ne me bouscules pas...

— Si on reste sur place, ça ne signifie pas que tu devras...

Elle posa un doigt sur sa bouche pour le faire taire. Il y déposa un baiser.

— Cela signifiera ce qu'on voudra, dit-elle, la voix rauque.

Il eut un élan d'excitation et d'impatience en entendant ces mots.

Sienna se retourna, lui offrant une vue sur le court peignoir qui couvrait à peine ses fesses. Réalisait-elle qu'elle était follement désirable ? Il sentait que son ex avait sapé sa confiance en elle. Elle méritait tellement mieux !

— J'ai préparé quelques affaires et ma combinaison porte-bonheur, dit-elle. Il faut que j'y ajoute de quoi passer la nuit, maintenant. Et que je m'habille, bien sûr.

— Tu es très bien avec ce que tu as, dit-il d'une voix embrumée.

Elle tira sur l'ourlet du peignoir pour qu'il descende plus bas. Il aurait aimé qu'elle s'en dispense ; il adorait la façon dont les pans s'entrouvraient ou se relevaient pour lui laisser entrevoir son corps nu.

— Avec ce que je n'ai pas, plutôt ! répliqua-t-elle avec un rire.

Il se retint de lui proposer de l'aider à se vêtir. S'il faisait ça, ils ne quitteraient jamais cette villa.

— Je vais t'attendre sur le ponton.

La plate-forme vitrée ménagée dans le ponton offrait une ouverture sur les eaux du lagon. Kaï regarda les poissons striés filer entre les coraux et les herbes aquatiques, puis il se mit à les compter. Tout était bon pour éviter de penser à Sienna en train d'enlever le peignoir et de mettre ses sous-vêtements…

Enfin, elle sortit. Elle portait un bermuda blanc, des sandales, et un T-shirt rose où était imprimé un ananas. Elle vit qu'il le regardait, et pirouetta comme un mannequin. Avait-il jamais vu une femme aussi sexy dans une tenue décontractée ?

— C'est mignon, hein ? J'ai pris la navette de la résidence pour Vaitape, hier, pour faire du shopping. J'ai acheté ce T-shirt, ce chapeau en pandanus tressé et ce sac. Ainsi que des cadeaux pour ma famille et mes amis.

— Et pour toi aussi, je parie.

— Bien sûr. Les paréos peints à la main étaient si beaux ! J'en ai un pour chacune de mes sœurs et un pour moi.

— Qui ne sera pas emballé ?

— Ni une surprise, dit-elle en riant.

— Qu'est-ce que tu as vu d'autre, à Vaitape ?

— Des galeries d'art, des photographies, mais tout ce qui me plaisait était trop volumineux pour que je les rapporte en Angleterre. Je me suis bien amusée. J'ai déjeuné avec un vieux couple qui passe sa seconde lune de miel ici, nous avons sympathisé dans la navette. Dans l'après-midi, j'ai fait le tour de l'île à bicyclette. Mais j'aurais préféré faire du kitesurf avec toi.

— J'aurais préféré aussi, dit-il. Hélas, je devais travailler.

Il maudissait le temps passé loin d'elle. Pour la première fois de sa vie, il aurait préféré être avec une femme plutôt que de régler des problèmes de production ou peaufiner un nouveau design.

— Je comprends tout à fait, assura-t-elle.

Il se chargea de son sac, le lui ôtant des mains.

— Mais aujourd'hui, on réalise un des souhaits de ta liste. La météo est idéale pour que tu apprennes à surfer.

— J'ai hâte !

Quand ils gagnèrent l'endroit du ponton où il avait amarré le hors-bord, il la prit par la main. Si on les voyait, tant pis !

Sa présence sur le lagon avec Sienna avait été remarquée, et sa grand-mère dûment informée. Kaï en compagnie, c'était une sacrée nouvelle dans son cercle familial. Non qu'il y ait eu quoi que ce soit de fâcheux dans le rapport fait à *mama'u*. Au contraire. Elle estimait qu'à trente-cinq ans il avait passé l'âge de rester célibataire. D'autant qu'il avait désormais un enfant. Cependant, sa grand-mère aurait préféré que la femme qui avait retenu son attention ne soit pas une voyageuse de passage qui pourrait faire souffrir son petit-fils bien-aimé.

Mama'u avait été là pour lui à l'époque où une femme plus âgée que lui, séjournant à Mareva, l'avait attiré dans une liaison alors qu'il n'était qu'un adolescent, puis lui avait brisé le cœur. Cette femme mariée avait joué avec lui, et il en avait réellement souffert. Il avait veillé ensuite à se protéger – même contre Paige. Une peine de cœur l'aurait détourné de ses objectifs. Mais la joie inattendue d'avoir Kinny avait fait fondre une part de son cœur qu'il croyait pétrifié depuis longtemps. En rencontrant Sienna, il avait réalisé que, d'une certaine façon, sa vie était vide. Si tout allait bien pour lui avec elle, sur Puaiti, il l'inviterait à rencontrer sa famille et lui présenterait Kinny.

Comme le lui avait dit Kaï, le trajet en hors-bord jusqu'au *motu* privé de Puaiti ne prit qu'un quart d'heure. Quinze minutes de vitesse grisante à travers les eaux turquoise. Et ils arrivèrent dans une petite île de carte postale, bordée de sable blanc et de palmiers. Le ciel était d'un bleu limpide et sans nuages. Les lieux avaient quelque chose d'irréel.

Kaï s'arrêta en bordure du quai en bois et coupa le moteur.

— Nous y voici, dit-il. Nous avons le *motu* tout à nous et rien qu'à nous.

— Le propriétaire n'y voit pas d'inconvénient ?

— Le propriétaire est ravi de t'avoir ici.

Elle leva vivement les yeux.

— Tu le connais ? Ne me dis pas que tes grands-parents possèdent aussi cette île !

— Je t'avais dit que je n'en avais pas fini avec les révélations. Cette île est à moi.

— À toi ?

Sienna avait l'impression d'avoir pénétré dans un univers parallèle. Kaï était décidément plein de surprises ! Elle n'arrivait même pas à imaginer quelle pouvait être la valeur de cette île dans l'une des régions les plus chères du monde. Ni l'enchantement d'en posséder une.

— Les anciens propriétaires ont dû vendre, et j'ai raflé la

mise. Un couple très fortuné, un divorce cruel. Ils pensaient en faire leur demeure de vacances et développer une maison d'hôtes de luxe. Cela n'a pas abouti.

— Il y a une maison sur l'île ?

— Une construction ancienne qui remonte aux premiers propriétaires, des Français. Ils avaient prévu de la démolir. Le couple auquel j'ai racheté l'île a effectué quelques changements, mais n'y a pas vécu avant de vendre.

— Que comptes-tu en faire ?

— Y habiter, peut-être. Ou y ouvrir une école de surf. Pour le moment, je profite juste de cet endroit et cela me suffit.

— Bien sûr, dit Sienna, un peu dépassée.

Il l'aida à mettre pied à terre.

— J'ai hâte de me lancer sur les vagues, dit-elle. Tu sais, je n'oserais jamais le faire, si tu n'étais pas là. C'est un peu trop hors de ma zone de confort pour que je m'y risque seule.

7

Sienna suivit Kaï, le long d'un chemin jonché de feuilles de palmier, jusqu'à la maison, inhabitée depuis quelques années. Elle s'était attendue à quelque chose de modeste, et fut interdite de découvrir une luxueuse demeure conçue par un architecte, en parfait état.

— On croirait une sorte de mémento des années 1960, dit-elle, promenant le regard sur le design d'une simplicité trompeuse, les pièces spacieuses aux proportions idéales dotées de parquets, d'immenses baies vitrées ouvertes sur un sublime panorama partout où portait le regard.

— Très tendance à l'époque, je crois, observa Kaï.

— Et ça le redevient.

— Il y avait une vieille construction en bois, à l'origine, qui a été démolie lorsqu'une riche famille d'industriels français a commandé l'édification de cette maison destinée à devenir leur retraite privée. Ils y sont venus pendant de nombreuses années. Hélas, leur unique petit-fils est mort dans un accident à Paris, et leur chagrin était tel qu'ils n'y sont jamais revenus. Il n'y avait plus qu'un gardien ici, dit Kaï.

— Quelle tragédie ! Et quel gâchis, pour cette maison merveilleuse. Mais cela explique qu'elle soit en si bon état.

— Il faut être vigilant dans l'entretien d'une maison

si proche de la mer. Le vent et le sel peuvent provoquer beaucoup de dommages. Cela revient très cher d'entretenir une île, dit Kaï.

— Je n'arrive pas à croire que les précédents propriétaires aient voulu détruire cette maison. Qu'est devenu le gardien ?

— Il a pris sa retraite.

— Qui veille sur cet endroit, alors ?

— Une des gouvernantes de ma grand-mère et son mari. Allons voir dans la cuisine ! Elle devrait y avoir stocké des boissons et de la nourriture pour notre séjour.

Kaï avait lâché ça avec décontraction, comme si tout un chacun disposait d'une armée de gouvernantes.

En effet, le réfrigérateur dernier cri contenait des produits de la mer, des fruits, des salades, des boissons.

— Il y a de l'eau fraîche sur l'île ?

— Un puits d'eau filtrée par le corail et des réservoirs de collecte d'eau de pluie.

— Des panneaux solaires pour l'électricité ?

— Oui. Les communications se font par satellite.

— Cet endroit est fabuleux, dit-elle, admirant la pièce sous tous les angles. Je l'adore !

Elle était habituée à voir de superbes maisons, à Londres, mais ce lieu-ci était vraiment à part. Elle en rêverait une fois rentrée chez elle.

— Dès que j'ai vu cette île, j'ai su qu'il me la fallait, dit Kaï. Bien que la maison ait besoin de rénovation. Tu t'en rendras compte, avec ton œil de professionnelle.

— Je limiterais la rénovation au minimum. Cet endroit est remarquable à bien des égards.

— Attends d'avoir vu les salles de bains !

— Très bien, je réserve mon avis, dit-elle en souriant.

Après avoir gagné la salle de bains la plus proche, elle revint dans la pièce à vivre en faisant mine de chanceler.

— Je conseillerais de refaire celle-là de fond en comble. Je n'aurais jamais cru qu'on fabriquait encore des lavabos et des toilettes jaune vif, de nos jours !

Kaï eut un large sourire.

— Je me doutais bien que tu serais de mon avis.

— Dans une maison ancienne, il faut respecter le passé tout en lui donnant du style pour les années à venir. Ce carrelage et ces sanitaires ne correspondent pas à ce qu'on attend d'une salle de bains aujourd'hui.

— Une façon diplomatique de dire qu'ils sont hideux.

— C'est un bon résumé.

Quand on parlait de la maison d'un client, il fallait être prudent dans ses critiques. Elle avait appris ça très tôt dans sa carrière. Non que Kaï fût un client. Elle ne pouvait même pas le dire son ami. Pourrait-il en venir à compter pour elle ? Comptait-il déjà ? Elle rougit au souvenir des baisers torrides échangés à la villa, tout à l'heure.

— Les cinq autres salles de bains sont à l'avenant, dit-il.

— Six salles de bains en tout ?! La maison est plus grande qu'elle n'en a l'air.

Les chambres étaient spacieuses et aérées, avec un mobilier en osier et rotin stylé, des persiennes de style colonial et des ventilateurs de plafond, mais elles auraient bénéficié d'un renouvellement de la literie. Les lieux semblaient inhabités depuis longtemps, sauf la chambre de maître, que Kaï devait occuper lorsqu'il venait. Elle ne s'attarda pas dans la pièce, dotée d'un immense lit qui déclencha dans son esprit une cohorte de fantasmes où Kaï, nu et superbe, l'invitait à le rejoindre.

Elle revint dans la pièce principale, gagna la fenêtre,

contempla le panorama marin encadré de palmiers, puis se retourna vers Kaï.

— Tu sais, il arrive parfois qu'une maison m'inspire un sentiment très fort.

— Et tu en as un au sujet de celle-ci ?

— Oui. Cette maison a été bâtie avec amour - et elle attend d'être à nouveau aimée.

— Observation intéressante, dit Kaï.

— Je le ressens. Sans pouvoir l'expliquer pour autant.

Elle se demanda si son « sentiment » relevait d'une intuition exacerbée qui confinait au surnaturel.

— Que t'ont dit les salles de bains ? lança Kaï.

— Sauve-nous ! lança-t-elle avec un rire.

Elle savait comment elle aimerait les réaménager. Une folle idée la traversa : peut-être Kaï l'engagerait-il un jour pour les rénover et pourrait-elle revenir à Bora-Bora ? Mais l'idée était trop irréaliste pour qu'elle s'y attarde. *Profite de cette journée, c'est tout,* s'intima-t-elle.

Et de la nuit, aussi...

Il ne rimait à rien de laisser vagabonder ses pensées. Quoi qu'il puisse arriver entre Kaï et elle, cela ne pourrait être qu'une aventure de vacances.

Elle avait apporté son mobile, et adorerait publier des photos de ces pièces sur ses réseaux sociaux, une fois de retour. Elle demanderait à Kaï s'il n'y voyait pas d'inconvénient.

— Es-tu prête à surfer ?

— Prête à essayer en tout cas. Surtout quand j'ai pour professeur un champion légendaire.

Kaï eut un sourire en entendant ça.

— Il faut que tu mettes ta combinaison porte-bonheur.

— Je vais me changer.

Kaï lui remit les bodyboards et se chargea des planches

de surf, puis elle le suivit loin de la maison, sur une petite plage idyllique en forme de croissant et frangée de palmiers. Le sable était chaud sous ses pieds nus, le bruit des vagues venant se briser sur le rivage fort et rythmé. Elle huma l'odeur iodée de l'air. Cet endroit était d'une beauté à couper le souffle.

— Tu vois comme les vagues déferlent et puis se brisent tout doucement et sans hâte ? dit Kaï. Elles n'atteignent pas plus d'un mètre de hauteur, je suis sûr que tu peux gérer ça.

Kaï avait beau dire ; pour elle, ces vagues étaient plutôt impressionnantes.

— Je ferai de mon mieux, dit-elle.

— Les conditions sont idéales. Et tu n'auras pas à t'inquiéter de la présence d'autres surfeurs. La plage nous appartient.

— Littéralement, c'est à toi qu'elle appartient !

— Et je ne la partage qu'avec toi, dit-il avant de l'embrasser.

Cette seule caresse suffit à l'inonder de désir. Elle avait envie de la prolonger, mais n'osait pas prendre l'initiative.

— J'apprécie cet honneur, vraiment, dit-elle.

— Tu t'es déjà servie d'un bodyboard ? lui demanda-t-il.

— Non. Dans ce domaine, je suis entièrement novice. Je me remets entre tes mains.

— Cette idée me plaît, dit-il d'une voix rauque.

Pendant un moment prolongé, leurs regards se rencontrèrent, et elle vit dans ses yeux la même flambée de trouble sensuel qu'elle avait remarquée ce matin, dans la villa.

Kaï avait de grandes mains, avec de longs doigts bien modelés. Elle avait eu alors un avant-goût du plaisir qu'il y avait à les sentir sur son corps. Un frisson la parcourut, comme des images interdites se bousculaient dans sa tête.

— Je... Moi aussi, balbutia-t-elle d'une voix étranglée. Je veux dire, je sais que tu veilleras sur moi, une fois dans l'eau.

— Il est bon de débuter sur un bodyboard. Il est facile à manœuvrer, on l'utilise en position allongée au lieu d'être debout.

Elle le suivit dans l'eau, sans résister au plaisir d'admirer le dos viril qui s'offrait à elle. Pouvait-il y avoir un corps masculin plus parfait ? Kaï était follement attirant. Elle se demanda, et ce n'était pas la première fois, pourquoi il était célibataire.

Il fixa à sa cheville un *leash*, un filin qui la reliait à la planche.

— C'est pour que tu ne perdes pas ta planche si tu tombes. Et tu ne voudrais pas qu'une planche à la dérive heurte d'autres personnes dans l'eau. Bien sûr, il n'y a pas ce risque ici.

Portant sa planche sous le bras, elle pénétra dans l'eau jusqu'à ce qu'elle lui parvienne à hauteur de la taille. Kaï lui montra comment monter sur le bodyboard et ramer au-delà des vagues.

— J'avale plein d'eau ! dit-elle en crachotant.

— Ramer exige beaucoup de force dans le haut du corps. Mais tu prendras le rythme.

Ils étaient seuls ensemble dans l'immensité de l'océan, et c'était en soi une expérience extraordinaire. Kaï faisait du surplace à sa hauteur, tandis qu'elle était allongée sur sa planche, face au rivage. Et en confiance.

— Le truc, c'est d'attraper la vague quand elle s'enroule, pour qu'elle te soulève, puis, quand elle se casse, t'emporte vers la plage. Quand tu te sentiras portée, garde la tête baissée, rame dur et donne une poussée si tu peux, pour pouvoir glisser sur la vague. Et ensuite, cramponne-toi ferme.

Il donnait l'impression que c'était un jeu d'enfant, mais ça ne l'était pas, et elle fut embarrassée par ses échecs, alors que les vagues, l'une après l'autre, se déversaient sur le rivage sans l'avoir emmenée. Enfin, Kaï cria :

— Maintenant ! Rame, rame, rame !

D'un geste de la main, il aida la planche à prendre la vague, et soudain Sienna fut en mouvement, Kaï l'encourageant de la voix. Avec des cris de jubilation, elle surfa la vague jusqu'au rivage, là où les eaux écumantes échouaient sur le sable.

— J'ai réussi, j'ai réussi ! C'est génial !

Elle regarda Kaï, qui surfait sur la vague suivante. Il se redressa et glissa vers elle, le corps scintillant de gouttelettes sous le soleil. Avec ses cheveux noirs aux épaules, les tatouages hardis qui ornaient son bras, il avait l'air d'une divinité surgie de l'écume. Elle le désirait tant qu'elle en avait mal.

Elle regretta de ne pas pouvoir le photographier avec son mobile. Elle n'aurait pas partagé ça avec ses abonnés, bien sûr. Seulement avec ses sœurs.

— Bien joué ! dit Kaï en parvenant près d'elle.

Il la serra dans ses bras, et elle savoura l'étreinte.

— Tu vas recommencer plusieurs fois et, quand tu auras senti comment monter sur une vague, je t'emmènerai sur la planche de surf.

— Il faudra que je sois debout, alors.

— C'est ça. Tu rames, tu choisis ta vague – je la choisirai pour toi –, tu la prends puis tu fais ton pop-up.

— Mon pop-up ?

— Tu te lèves sur ta planche. On s'entraînera sur la plage.

— D'accord...

Elle commençait à réaliser que ce sport n'était pas si simple... Après plusieurs glisses réussies sur le bodyboard, il fut temps pour elle de passer à la planche de surf. Kaï posa la grande planche en mousse sur le sable et lui montra comment se mettre en position debout, les pieds parallèles et à l'oblique, les genoux fléchis, les bras écartés pour l'équilibre. Heureusement, elle était sportive !

— Tu as de la force et tu es agile, la complimenta-t-il.

Pour lui, tout cela était sans doute enfantin, mais il se montrait aussi patient et bienveillant que lorsqu'il lui avait appris le kitesurf.

— Maintenant, je vais surfer quelques vagues, reprit-il. Regarde-moi avec attention lorsque je me lève, observe comment je me positionne, comment je me sers de mes bras pour m'équilibrer.

Pendant les vingt minutes suivantes, Sienna, fascinée et impressionnée, le regarda évoluer, surfant sans effort apparent. Il ne faisait qu'un avec sa planche, avec les déferlantes, comme dans une danse. Fort et musclé, et pourtant plein de grâce, ainsi qu'il convient à un champion de rang mondial. Elle était si occupée à l'admirer qu'elle ne captait sans doute guère d'astuces sur la technique du surf. Il était difficile de ne pas fantasmer...

Puis Kaï la rejoignit, et ce fut pour elle le « baptême du feu ». Sur une planche longue, pour attraper une vague.

Les vagues lui semblaient plus grandes que tout à l'heure, même si Kaï lui assurait le contraire. Et il lui semblait impossible de se lever sur sa planche de surf et de s'y maintenir sans tomber. Elle fut balayée plusieurs fois, culbutant dans l'océan encore et encore, la bouche pleine d'eau salée, les cheveux lui cinglant le visage, ne sachant plus où elle en était. Alors qu'elle était sur le point de renoncer, Kaï fut près d'elle.

— Cette vague-ci. Rame, rame, rame... Elle te soulève. Lève-toi, là... debout. Garde les genoux fléchis. Équilibre avec les bras. Laisse la vague faire le travail. Voilà, tu y es ! Tu surfes !

Sienna, triomphante, surfa la vague vers le rivage, debout sur sa planche, sans trop de vacillements, jusqu'à l'endroit où l'eau écumante était à hauteur des genoux. Kaï la suivait, sur la vague d'après.

— J'ai... j'ai réussi ! dit-elle, ivre de joie. J'ai surfé une vague ! Je suis restée debout !

— Alors, quel effet ça fait ?

Elle renvoya ses cheveux en arrière et se retourna vers lui.

— C'est incroyable.

— Tu as pris le coup. Prête à recommencer ?

Elle eut un temps d'arrêt.

— Non. J'ai surfé une vague, je veux rester sur cette note positive.

— Comment ça ?

— J'ai coché « essayer le surf » sur ma liste, maintenant. J'en suis heureuse. Et je te suis reconnaissante de m'avoir aidée ! Mais je ne pense pas avoir l'étoffe d'une surfeuse. Je sais que c'est ton sport – ta vie –, mais le surf ce n'est pas pour moi.

— C'est bien que tu le reconnaisses aussi rapidement.

— Ma mère dit que je sais où j'en suis et que je tranche vite. En Angleterre, je trouverai une école de kitesurf près de Londres et je continuerai... Ce ne sera pas pareil qu'à Bora-Bora, bien sûr. Mais j'adore ça. Et merci, c'est à toi aussi que je le dois.

— Tu es passionnée. Pour exceller dans un sport, il faut de l'enthousiasme. J'ai toujours voulu surfer – ma grand-mère dit que c'est dans mon ADN. Enfant, je séchais l'école dès que je pouvais pour venir à la plage.

— Et tes parents, ils en pensaient quoi ?

Les traits de Kaï se durcirent.

— Ils n'en étaient pas heureux. Ils ont menacé de m'envoyer en pensionnat en France.

— Il n'y avait pas de quoi en faire un drame. Mais si tu surfais Teahupo'o, ils devaient être mortellement inquiets pour toi.

— Ce n'était pas ça. Je n'ai pas envie d'en parler.

— Très bien, dit-elle, surprise par son air sombre.

— Tu as beaucoup travaillé, tu dois avoir faim, reprit-il. Moi, en tout cas, je suis affamé !On devrait rentrer déjeuner.

Sienna comprit qu'il ne l'encourageait pas à poser d'autres questions sur ses parents !

— Oui, ce serait super, acquiesça-t-elle.

Il se détendit visiblement.

— J'ai un bonus pour toi pour après le déjeuner. De l'autre côté du *motu*, c'est le paradis de la randonnée palmée.

— Ça aussi, j'aimerais continuer à en faire !

— Une colonie de tortues vertes vit dans les eaux de la baie.

— J'adorerais voir des tortues. En fait, rien ne me ferait plus plaisir que de nager avec elles.

Enfin, mis à part, peut-être, embrasser Kaï, et aller plus loin avec lui...

— Il y a de bonnes chances pour que tu aies cette joie cet après-midi.

— C'est vrai ? Tu as le don de concrétiser mes rêves, Kaï Hunter !

8

Une faune marine merveilleuse et colorée fourmillait dans les eaux limpides de la baie secrète de Motu Puaiti, et Sienna avait tant de plaisir à admirer ces merveilles de la nature que Kaï ne put réprimer un soupir ravi. Elle aimerait sûrement la plongée sous-marine. Qui sait ? Peut-être un jour l'aiderait-il à cocher ça sur sa liste… Jusqu'au moment où, ce matin, il l'avait vraiment embrassée et elle lui avait rendu son baiser, il ne se serait pas autorisé de telles pensées. Maintenant, il se permettait d'envisager plus d'une journée avec elle – car il commençait à lui paraître insupportable de ne partager sa vie que quelques jours encore.

Il était enchanté d'avoir son île privée, qu'il possédait depuis moins d'un an. La partager avec Sienna redoublait ce plaisir. Qui aurait pu penser qu'elle ressentirait un lien aussi fort avec la maison ?

Sa stratégie pour bâtir son entreprise lui avait apporté tout ce qu'il pouvait désirer sur le plan matériel, mais avait-elle fonctionné aussi bien pour sa vie intime ? Il se rendait compte que, si fortuné qu'il fût, il se sentait seul. Et son style de vie actuel ne lui permettait pas de veiller sur sa fille. Même si Kinny n'aurait pas pu être plus aimée et choyée que par ses grands-parents, cette situation ne pouvait pas perdurer.

Ces derniers jours marqués par sa rencontre avec Sienna avaient mis en évidence le fait que sa vie était dépourvue d'un lien intime profond. Avec elle, il se sentait si détendu ! Il n'avait rien à prouver. Sienna l'avait conquis comme aucune autre femme, et ils avaient beaucoup de centres d'intérêt communs. Pouvaient-ils vivre ensemble ?

Il n'avait pas été tout à fait franc quand il avait dit ne pas avoir de projet pour cette maison. Il l'avait achetée pour en faire un jour son foyer et celui de Kinny. Cela restait encore flou dans son esprit, mais l'enchantement de Sienna à la vue des lieux l'avait fait rêver. Il la voyait vivre avec lui dans cette demeure. Il semblait impossible, pour le moment, de concevoir comment cela pourrait marcher. Mais pour lui, rien n'était impossible...

Ils nagèrent longtemps dans les eaux calmes, contemplant un monde de coraux et de poissons multicolores. Sienna plongea pour voir de plus près une tortue géante, mais le timide animal se réfugia entre deux rochers, hors de vue. Sienna refit surface, et retira l'embout de son tuba.

— Je crois que cette tortue en avait assez qu'on l'admire. Mais elle est magnifique !

Ils enlevèrent leurs palmes et s'assirent sur le sable chaud, contemplant les infinies nuances de turquoise, d'aigue-marine et d'outremer de l'eau, qui formait avec le sable blanc un merveilleux contraste.

— Trois tortues et une étoile de mer. Que pourrais-je demander de plus ?

— Et tu as coché encore une case dans ta liste de souhaits !

— Désolée de ne pas avoir eu un coup de cœur pour le surf. J'espère que je ne t'ai pas déçu.

— Pourquoi serais-je déçu ? Le surf est ma passion absolue. Cela ne signifie pas que ça te plaira aussi. Je crois en fait que c'est le surf qui vous choisit, et non l'inverse.

— Je... J'avoue que les vagues m'ont fait peur. C'était terrifiant d'être emportée sans savoir où se situe la surface, d'avaler de l'eau salée, de craindre d'être heurtée à la tête par la planche et mise K-O. J'étais si heureuse que tu sois là pour me protéger !

— Il est sain et sage d'avoir du respect pour l'océan, dit Kaï. Chaque vague est différente. Il n'y en a pas deux identiques. Elles peuvent être imprévisibles.

— Et dangereuses.

— Pourtant, tu n'as pas peur quand tu fais du kitesurf.

— Non, et la randonnée palmée est paradisiaque.

— Je ne te contredirai pas.

Elle posa sur lui ses grands yeux verts.

— C'est vraiment une journée mémorable, dit-elle en lui prenant la main. Partager ça avec moi... Tu es le plus merveilleux, le plus généreux des hommes. Jamais je n'oublierai cet endroit. Ni toi.

Kaï n'avait pas envie qu'elle l'oublie ! Il ne lui *permettrait pas* de l'effacer de sa mémoire. En quelques jours, elle avait abattu les barricades qu'il avait érigées autour de son cœur.

Elle l'embrassa, et il répondit à son baiser en l'attirant contre lui. Électrisé par la proximité de leurs corps, il la sentit parcourue d'un frisson de trouble sensuel qui le ravit. Avec un murmure rauque de désir, elle se cambra contre lui.

Il remonta les mains vers son cou et fit glisser les bretelles du maillot sur ses épaules. Écartant ses lèvres des siennes, il les promena du creux de son cou vers sa gorge, puis vers ses seins. Elle se raidit soudain, et remit maladroitement les bretelles en place.

Avec un long frisson de désir frustré, il lui rendit sa liberté. Elle n'osait plus croiser son regard, et sa jolie bouche meurtrie par ses baisers tremblait. Jamais elle n'avait été aussi belle.

— Kaï, je... J'ai envie de continuer, avoua-t-elle. Vraiment. Pardonne-moi, mais... sur cette plage, je me sens trop exposée. Je sais que c'est idiot, puisque nous sommes dans un lieu privé et que personne ne viendra nous surprendre ici. Mais si un hélicoptère ou un drone survolait cette île ?

Il s'éclaircit la gorge.

— C'est peu probable, mais possible.

— En fait... eh bien, tout ça est nouveau pour moi, lâcha-t-elle. Je veux dire, à part mon ex, je n'ai jamais...

Elle porta son regard vers l'océan, fixement, comme si son propre aveu la gênait.

— J'ai trente-deux ans et l'expérience d'une adolescente. J'ai eu un petit ami au lycée, mais... mon ex a été mon seul et unique amant. Je l'ai rencontré pendant ma première semaine d'études universitaires.

Et ce type avait eu la stupidité de la laisser partir ! Kaï ignorait toute l'histoire et ne voulait pas la connaître. Mais il savait que Sienna avait été malheureuse, que sa vie de couple avait entamé sa confiance en elle.

— Il n'y a aucun mal à ça, dit-il avec force. Je suis sûr que tu as été courtisée par des dizaines de mecs, après ton divorce.

— Oui. Enfin, pas vraiment. Cela ne m'intéressait pas, tu comprends. Je ne me sentais pas capable de faire de nouveau confiance à quelqu'un. Un ami de longue date m'a draguée, mais il n'y avait pas d'atomes crochus. Il ne s'est rien passé.

— Sienna, je n'ai pas besoin de savoir. Nous sommes ici, ensemble, et c'est la seule chose qui compte.

— Merci. Tu es un homme bien.

Et terriblement excité. Le maillot noir, censé la dissimuler, épousait ses formes, et les pointes de ses seins étaient bien visibles. Quand elle passa la langue sur sa bouche gonflée, meurtrie par ses baisers, il crut devenir fou. Était-elle aussi excitée que lui ?

Il devait cependant admettre à contrecœur que la plage en fin d'après-midi n'était pas l'endroit ni le moment idéal pour faire l'amour. Elle restait blessée par son divorce, c'était évident. Il voulait qu'elle vienne à lui sans réserve. Et que cette expérience soit des plus mémorable pour elle. Il n'avait pas envie de l'imaginer dans les bras d'un autre, et voulait lui offrir l'expérience sensuelle qu'elle méritait.

— Tu veux qu'on reste ici encore un moment ? lui demanda-t-il. On pourrait nager encore un peu. On n'aura peut-être pas l'occasion de revenir pendant ton séjour à Bora-Bora.

La mine de Sienna s'allongea.

— J'imagine que non. Les jours filent vite, n'est-ce pas ?

Il fut tenté d'observer que son départ de l'île ne signifiait pas forcément un adieu. Ils pouvaient rester en contact. Il se rendait souvent en Europe. Il n'aurait aucune difficulté pour venir à Londres. Mais dans quel but ? Ils venaient de deux mondes différents. Et il ne recherchait pas une relation à distance, en pointillé. Depuis que Kinny était entrée dans sa vie, il n'en était plus question.

— Il te reste quelques jours, lui dit-il. Y a-t-il d'autres souhaits que je pourrais t'aider à réaliser ?

Son visage s'éclaira.

— Il y en a un, oui. Les perles noires de Tahiti sont si renommées que je ne peux pas rentrer chez moi sans en rapporter. J'aimerais surtout acheter un collier à ma mère. Les personnes que j'ai rencontrées dans la navette m'ont recommandé une ferme perlière de Rangiroa.

— Tu y prendrais plaisir, j'en suis sûr. Rangiroa est aussi propice à la plongée et à la randonnée palmée. On peut même y avoir la chance de nager avec des dauphins. Mais c'est loin. Par avion il y a deux heures de vol, et par le ferry le trajet dure plus de cinq heures. Tu t'intéresses surtout au processus de production des perles ou tu veux juste en acheter ?

— Les deux. Mais il ne me reste que cinq jours ici, dont le jour de Noël. Je n'ai pas très envie de faire des allées et venues alors que je pourrais consacrer ce temps à la plongée ou à la randonnée.

— Ou à être avec moi, dit Kaï.

Elle eut un lent sourire sensuel.

— Oui, ça aussi.

— Un de mes oncles a une joaillerie très renommée à Vaitape. Je pourrais t'y emmener. Il veillerait à te proposer des perles de la meilleure qualité au meilleur prix.

— C'est une idée. Je veux que mon cadeau pour ma mère soit vraiment spécial.

— Tu sembles l'aimer énormément.

— Oui. C'est la meilleure du monde, et mon père est le meilleur père du monde. Trois filles à élever, ça n'a pas dû être toujours facile. Et avec l'une de nous si malade...

— Malade ? Était-ce toi ? demanda Kaï, alarmé à cette idée.

— Non, ma jeune sœur, Eliza.

— C'était sérieux ?

— On lui a diagnostiqué un cancer du sang et de la moelle épinière à l'âge de six ans.

— Cela paraît très grave. Quel âge avais-tu à ce moment-là ?

— Treize ans. J'étais assez âgée pour avoir conscience de ce qui arrivait à ma petite sœur adorée. Elle a fait une rechute à quatorze ans. Eliza a fait beaucoup de séjours à l'hôpital, avec un traitement régulier et des bilans.

Kaï lut sur ses traits le souvenir du chagrin et de l'inquiétude. La famille avait dû vivre longtemps dans l'angoisse de perdre Eliza.

— La santé de ma sœur nous a causé beaucoup de souci pendant de nombreuses années. Nous étions tous très protecteurs avec elle. J'ai choisi une université près de chez nous pour être avec elle en cas de besoin. Elle n'a été déclarée guérie qu'à vingt ans. Si l'amour avait le pouvoir de guérir, elle n'aurait jamais eu besoin de chimiothérapie.

— Bien sûr, dit Kaï, impressionné par la compassion dont Sienna avait fait preuve à un si jeune âge.

— La nécessité de veiller sur Eliza nous a tous affectés. Ce sont nos parents qui ont été impactés le plus, en particulier ma mère, Lila. Elle était enseignante dans une école privée. Quand Eliza est tombée malade, maman a mis un frein à sa carrière. Elle ne s'en est jamais plainte, mais le sacrifice a été lourd. Elle adore les perles, et je veux lui faire la surprise de lui en offrir quand je la reverrai après Noël. Elle le mérite.

— Nous obtiendrons ce qu'il y a de mieux pour elle, c'est promis !

— Merci. J'ai besoin d'un guide. Dans les boutiques, tous les colliers et bracelets m'ont semblé magnifiques. Je ne saurais pas distinguer une perle d'une autre.

Kaï parut songeur.

— Tu as dit que Noël était une fête très importante pour ta famille. Pourtant, vous êtes éparpillées à travers le monde, tes sœurs et toi. Et tes parents ? Où sont-ils ?

— Ils ont décidé de fêter leur quarantième anniversaire de mariage en croisière, loin de Londres.

— Ils ne vous ont pas invitées ?

— Je crois qu'ils ne voulaient pas de leurs filles adultes pendant leurs « retrouvailles ».

— Et cela t'a contrariée. Ou je me trompe ?

— J'étais contente pour eux, bien sûr. Enfin... je me suis demandé pourquoi il fallait qu'ils s'en aillent à Noël alors que nous avions *toujours* passé les fêtes en famille. Disons que j'en ai été un peu blessée. Mais ils ont besoin de temps pour redevenir un vrai couple, je suppose, et peut-être aussi pour envisager leur avenir. Il n'est jamais facile, même quand on est adulte, de voir ses parents comme des individus à part entière, avec leurs propres désirs et leurs rêves, n'est-ce pas ?

Kaï resta un instant pensif avant de lui répondre. Il n'aimait pas parler de sa famille. Mais il éprouvait le besoin de raconter à Sienna les circonstances qui l'avaient façonné. Et sa bienveillance chaleureuse lui facilitait la tâche.

— En ce qui me concerne, dit-il, j'ai eu des parents déterminés à anéantir les rêves et les espoirs de leur plus jeune fils pour lui imposer les leurs.

— C'est-à-dire ?

— Je vais te donner le contexte, si tu permets.

— Je ne demande pas mieux.

Sienna manifestait un réel intérêt, et Kaï appréciait ça. D'autant que pour lui parler n'était pas facile.

— Mes parents sont intelligents, ambitieux, et issus de familles bien établies, fortunées – une famille française dans le cas de mon père. Ma mère occupe un poste élevé dans l'administration gouvernementale. Mon père est avocat. Le statut social compte énormément pour eux.

— Ils sont un peu collet monté, je parie.

Il rit.

— On peut dire ça. Je suis le plus jeune de trois frères. Mon frère aîné est avocat – dans le cabinet familial, maintenant –, et son cadet est médecin. Ils sont allés à l'université en France, et c'était aussi ce qu'on attendait de moi.

— La France... c'est très loin d'ici pour faire des études.

— Et très loin des meilleurs spots de surf du monde ! rappela Kaï. Mais les mérites comparés des spots de surf n'avaient aucun intérêt pour mes parents.

— Je m'en doute. Que prévoyaient-ils pour toi ?

— Ils me voyaient en ingénieur, mais je ne voulais pas d'une carrière impliquant des années d'études. J'avais des difficultés en classe, je le reconnais. J'ignore pourquoi personne, à l'école privée que je fréquentais, n'a décelé ma dyslexie. Tout ce que je sais, c'est que plus ils m'accusaient d'être paresseux et bagarreur, à l'opposé de mes frères si studieux, plus je me rebellais.

— Donc, tu t'es mis à sécher les cours pour faire du surf ?

— Chaque fois que je pouvais. Le surf était mon échappatoire, et j'étais bon dans ce sport. Vraiment bon. Je gagnais des championnats juniors. J'étais en quête d'aventure. S'il fallait pour ça faire partie de l'équipage d'un yacht pendant quelques jours, je partais sans rien dire pour que personne ne m'en empêche. J'ai si souvent séché les cours que j'ai raté mes examens et été expulsé du lycée à seize ans. À la grande déception de mes parents. Pour eux, j'étais un bon à rien.

— Cela paraît si déraisonnable de leur part. Ils n'étaient donc pas contents que tu excelles comme surfeur ?

— Pour eux, le surf n'était pas un sport à l'égal du tennis ou du rugby.

— Le surf est un sport olympique !

— Aujourd'hui, mais ce n'était pas le cas à l'époque. Le surf, ça ne comptait pas.

Elle plissa les yeux.

— L'un d'eux a-t-il eu le courage de surfer Teahupo'o ?

— Bien sûr que non !

— Eh bien alors, ils n'ont rien à dire ! lança-t-elle.

Et il fut heureux qu'elle le soutienne.

— Je les avais déçus en tout. Ils ne voulaient plus rien savoir de moi.

— Tu n'avais que seize ans ! Cela me peine d'entendre ça. J'ai du mal à comprendre. Mes parents nous ont toujours acceptées et aimées, mes sœurs et moi.

— Tu as eu de la chance. À seize ans, j'étais à l'aube d'une vraie carrière de surfeur, mais pour mes parents ça ne signifiait rien. Je n'avais pas suivi la voie qu'ils m'avaient tracée, et celle que j'avais choisie était inacceptable à leurs yeux.

— Tu devais être vraiment mal à l'aise chez toi.

— Je n'ai pas pu y rester. Par chance, mes grands-parents croyaient en moi et m'ont pris avec eux, dans leur maison de Bora-Bora.

— Les grands-parents qui possèdent l'hôtel ?

— Oui, les parents de ma mère. Ils sont merveilleux. Bien sûr, ils désapprouvaient l'attitude de mes parents, mais ils ne pouvaient rien dire, par égard pour la paix familiale.

— Leurs actes parlaient pour eux, il me semble.

— En effet. Ils m'ont donné un toit, m'ont soutenu dans mon sport sur tous les plans. Quand je n'étais pas en compétition, je les aidais à Mareva, et j'ai appris beaucoup de choses sur la conduite des affaires.

— Et tes frères ? Mes sœurs ne se désolidariseraient pas facilement de moi.

— On s'entend bien, ils sont de mon côté. Je crois qu'ils sont fiers que j'aie tracé mon propre chemin.

— C'est horrible de devoir choisir son camp au sein d'une famille.

Kaï haussa les épaules.

— On n'y peut rien, c'est comme ça. Mon frère Armand a épousé une Française et s'est installé à Lyon. Les ados que tu as vues faire du kitesurf sur la plage sont ses filles, qui passent Noël ici.

— Et votre aîné ?

— Jules habite à Papeete, près de chez mes parents. Il a épousé son amour de jeunesse, et travaille avec mon père dans le cabinet familial. Il a suivi la voie qu'ils avaient tracée pour lui, mais je doute qu'il contraindra son fils à en faire autant. Il a investi dans mon entreprise. Comme mes grands-parents, qui m'ont donné l'argent dont j'avais besoin pour lancer Wave Hunters.

— Pardonne-moi, je ne veux pas critiquer tes parents, mais comment ta mère, en particulier, a-t-elle pu te laisser tomber ?

De nouveau, Kaï haussa les épaules.

— Elle est sous la coupe de mon père. Ce n'est pas un homme à contrarier.

— Pourtant, tu l'as bien fait, toi ?

— Oui, et je ne le regrette pas. Ma mère venait me voir à son insu, sous prétexte de rendre visite à ses parents sur Bora-Bora. Mais elle n'a jamais pu le faire ouvertement.

— Il devait être au courant, non ?

— Va savoir. De toute façon, il ne consentirait jamais à l'admettre, par orgueil, parce que cela reviendrait à cautionner ma « mauvaise » conduite.

— Tes grands-parents sont des héros ! J'espère les rencontrer.

— Ils ont compris que j'avais peut-être le droit de

poursuivre mes propres rêves, et non ceux que les autres avaient déterminés pour moi.

— Et ça a payé. Pour toi et ceux qui ont cru en toi.

Tout cela était vrai. Et pourtant, dans sa famille, chacun avait fait un heureux mariage. Il avait, lui, résisté jusqu'au bout. Même sa petite fille bien-aimée lui était venue sans effort de sa part. Il avait beau être milliardaire, il restait pauvre, sentimentalement. Et à l'âge de trente-cinq ans, il commençait à réaliser ce qu'il avait raté.

9

Sienna appréhendait presque le coucher du soleil, car il marquerait la fin de cette journée magique avec Kaï. Mais la lumière du jour persistait encore, dans cette partie du monde, à l'approche du solstice. Et la soirée dans la superbe maison de Kaï serait le point d'orgue de sa visite.

Il se tourna vers elle. Il avait l'air grave, et elle fut bouleversée par sa beauté, par le sentiment de confiance qu'il lui inspirait. Par la violence de son désir pour lui.

— Merci de m'avoir écouté. Peu de gens connaissent mon passé familial.

— Je suis honorée que tu m'en aies fait part.

Il déposa un baiser léger sur sa bouche, et à cette caresse, pourtant si brève, elle fut parcourue d'un frisson de plaisir.

— Merci. Venant de quelqu'un comme toi, avec une famille parfaite, ça compte beaucoup.

— Je n'ai jamais prétendu qu'elle était parfaite. Nous avons eu nos disputes et nos désaccords. Mais nous ne sommes ni cruels ni rancuniers.

Sienna dut retenir ses larmes. Sa famille lui manquait, mais en toute honnêteté aurait-elle échangé ces heures passées avec Kaï contre un retour à Chiswick ?

— Tu as de la chance, répéta Kaï.

— C'est vrai, dit-elle – elle n'aurait jamais surmonté l'horrible rupture de son couple sans sa famille. Et comment est ta relation avec tes parents, maintenant ?

— Bancale, je ne vois pas d'autre mot pour la décrire.

— Tu as tout de même prouvé que tu as bien choisi ta voie, avec le succès de Wave Hunters. Ils ne le reconnaissent pas ?

— Mettons qu'ils ont pour moi un respect réticent. L'argent peut tout, dit Kaï, amer.

— Il n'y a pas eu de réconciliation, alors ?

Il secoua la tête.

— Vaguement. Il y a du progrès grâce aux efforts de mes grands-parents. Cette année, ils ont invité toute la famille dans leur *motu* pour Noël.

— C'est gentil, dit Sienna.

Elle pensa avec nostalgie à la maison de Chiswick, abandonnée cette année, sans même une couronne de Noël sur sa porte. Dans ces îles, toutes les familles passeraient les fêtes ensemble tandis qu'elle serait seule à la résidence. Même le couple âgé rencontré dans la navette rentrait à la maison. Pour elle, il n'y aurait pas de Noël familial. Ces derniers jours, avec Kaï, elle avait repoussé cette triste perspective, mais elle se faisait de nouveau sentir.

— J'ai remarqué qu'il y a beaucoup de décorations de Noël en ville. C'est une fête importante ici aussi. Est-ce que ta famille se réunit tous les ans à cette occasion ?

— Quand nous étions petits, oui. Mais après avoir suivi chacun notre chemin, nous n'avons pas toujours fêté Noël ensemble. Parfois, mes parents rendent visite à Armand et les siens sur le continent. Quelquefois, je suis à l'autre bout du monde. Mais j'essaye de revenir pour faire plaisir à mes grands-parents. J'ai peu d'heureux souvenirs de Noël.

— Pourquoi est-ce différent, cette année ?

Kaï marqua un arrêt, et Sienna eut l'impression qu'il était mal à l'aise.

— Parce que les petites-filles sont là, dit-il enfin.

— Je vois.

Bien sûr, les enfants ! Noël était leur fête. Elle avait rêvé d'en avoir, et ce désir se faisait chaque jour plus présent.

— Les adultes s'efforceront de se supporter, reprit Kaï.

— Je l'espère pour le bien des enfants. Noël est une période spéciale.

— Y a-t-il un autre souhait que je pourrais t'aider à réaliser ?

— Oui. Cela peut paraître bête, mais j'ai toujours eu envie de dormir à la belle étoile. Je ne sais pas d'où je tiens ce désir saugrenu, mais il a toujours été là. J'ai dû lire trop de livres d'aventures dans mon enfance.

— J'ai souvent dormi à la belle étoile. C'est merveilleux. Tu es au bon endroit pour réaliser ce rêve. Le ciel nocturne est magnifique, ici.

— Tu veux dire... ce soir ?

— Nous pourrions dormir sur la plage.

— Tu serais avec moi ?

— Bien sûr. Il faut que je te protège contre les insectes géants qui voudront t'enlever à moi, blagua Kaï. Non, sans rire, les moustiques pourraient poser problème. Je ne crois pas qu'il y ait une tente dans le débarras, mais j'ai vu des abris de plage.

— Va pour l'abri de plage ! Du moment que je peux à un moment ou un autre m'allonger sur le dos et contempler le ciel criblé d'étoiles.

— Feras-tu un vœu ?

— Un vœu ? Je n'y avais pas pensé. Mais maintenant que tu en parles...

— Je vais y réfléchir aussi.

Il se mit debout, lui tendit la main.

— Si on faisait une dernière rando avant de regagner la maison et de préparer notre expédition nocturne ?

— En fait, une baignade me suffirait. Au premier qui arrivera dans l'eau ! lança-t-elle.

Sienna et Kaï étaient affamés après avoir tant nagé. Ils avaient échangé des baisers aussi, riant tous deux de leur nouveau jeu : s'embrasser dans l'eau. Elle appréciait qu'il ne cherche pas à aller plus loin avant qu'elle soit prête, et sûre de leur intimité.

De retour à la maison, elle l'aida à apprêter les plats que la gouvernante avait cuisinés, et savoura le côté intime de ce moment.

Elle était drapée dans son nouveau paréo aux couleurs éclatantes, noué autour du cou façon bain de soleil. Kaï aussi portait un paréo, vert foncé, bas sur les hanches. Elle avait eu le souffle coupé en le voyant.

— Je ne sais pas si je te plais comme ça, ou si tu es choquée que je porte une jupe, avait-il lâché en riant.

— Je... Ça me plaît, avait-elle balbutié. Beaucoup.

Cela lui plaisait tellement que, si elle avait été plus hardie, elle lui aurait dit de sauter le repas et l'aurait entraîné dans la chambre.

— C'est une tenue traditionnelle dans notre culture, lui dit-il. Et très pratique, sous ce climat.

— Cela te va drôlement bien.

— Pas aussi bien qu'à toi, dit-il avec un regard appréciateur.

Ils savourèrent les spécialités locales de poisson cru – du thon mariné cuit au jus de citron, accompagné de lait de coco et mélangé à des légumes, et du poulet *fafa* – épicé et cuit dans des feuilles de taro. Ainsi que des salades et des fruits frais.

— C'est mieux qu'au restaurant ! s'extasia Sienna.

— Nous avons un héritage culinaire merveilleux ici, entre notre cuisine polynésienne traditionnelle et la cuisine française introduite par les colons.

— J'ai aimé tous les repas que j'ai faits ici depuis mon arrivée.

Mais elle n'en avait apprécié aucun comme elle appréciait celui-ci, seule avec Kaï dans une belle demeure, sur une île tropicale privée.

— Tu remercieras ta gouvernante de ma part, s'il te plaît. Elle a préparé beaucoup de choses. Savait-elle que tu avais une invitée ?

— Je le lui ai dit, oui. Mais ne t'étonne pas si tu apprends que des curieux nous ont vus à Mareva.

— Est-ce que... tu as l'habitude de passer du temps avec les clients ?

— Non. C'est pour ça que des gens nous ont remarqués, dit Kaï en la regardant dans les yeux. J'ai eu une relation avec une touriste, une fois. Plus jamais ça !

— Oh...

Il lui déplaisait de l'imaginer avec une autre, même si elle n'avait aucun droit sur lui.

— J'avais dix-huit ans, elle était plus âgée. Enfin, elle me paraissait beaucoup plus âgée, mais elle n'avait probablement que la trentaine.

— C'est trop vieux pour un garçon de dix-huit ans.

— Je ne le pensais pas à l'époque. Pour faire bref, elle m'a séduit. Je ne demandais pas mieux. J'ignorais qu'elle était mariée, qu'elle jouait avec moi. J'ai été dévasté quand elle a quitté l'île sans même un au revoir.

Sienna imaginait sans peine la beauté de Kaï à dix-huit ans, une beauté irrésistible, peut-être, pour un certain type de femmes. Elle se remémora ses dix-huit ans et sa naïveté d'alors, même si elle se croyait très mûre. Elle aurait dû écouter les autres. Pendant les dernières années, Callum s'était éloigné d'elle. Il avait travaillé de longues heures dans l'entreprise familiale, courant le monde en quête de nouvelles affaires et... de compagnie féminine. Ces dernières années avaient été un gâchis total.

— Quelle cruauté de la part de cette femme, de t'avoir traité ainsi ! dit-elle.

— Oui, ça a fait mal. J'ai été beaucoup plus méfiant par la suite. Et je ne me suis jamais lié à une autre cliente. Jusqu'à aujourd'hui.

— Jusqu'à aujourd'hui, répéta Sienna. Pourquoi moi ?

— Parce que c'est toi, dit-il simplement.

Et elle ne sut que penser.

Leur conversation était agréable, et pourtant elle se sentait un peu empruntée, consciente que leurs baisers sur la plage leur avaient fait franchir une ligne de démarcation. Elle percevait une certaine réticence chez lui.

Après le dîner, ils emportèrent des boissons fraîches dans la véranda, dont les baies grandes ouvertes protégées par des moustiquaires accueillaient la brise vespérale. Ils s'assirent dans des fauteuils en rotin, dans la senteur entêtante des gardénias et des frangipaniers.

— Je proposerais bien qu'on dorme ici, mais tu ne serais pas à ciel ouvert, sous les étoiles, dit Kaï.

— Oui, il faut que je les voie, que j'aie l'impression de pouvoir les toucher rien qu'en tendant le bras.

— Alors, va pour l'abri de plage. Regarde, nous avons

droit à un beau croissant de lune et à un ciel d'encre, criblé d'étoiles.

— C'est parfait, répondit-elle.

— J'irai chercher un abri dans le débarras. Mais d'abord, j'ai quelque chose à te dire.

Sienna perçut la gravité soudaine de son intonation avec une affreuse inquiétude.

— Bien sûr, dit-elle, la voix un peu tremblante.

Il est marié. Fiancé. Déjà pris.

Il se rapprocha d'elle et lui saisit la main.

— Sienna, j'ai une petite fille. Une fillette de dix-huit mois prénommée Kinny – un diminutif de Kinepela, qui signifie « vague ». C'est sa mère qui a choisi ce prénom. Mais il me plaît beaucoup, et il lui va bien.

Sienna chercha son souffle.

— La toute petite fille en maillot rose, quand je t'ai vu faire du kitesurf avec tes nièces... c'est elle ? Ta fille ?

N'avait-elle pas soupçonné cette vérité dès le départ ? Leur lien avait semblé si fort... Pour elle-même, cela signifiait quoi ? Il n'y avait pas que Kaï, donc, mais Kaï et sa fille. Une ex-épouse aussi, peut-être ?

Kaï hocha la tête.

— J'ignorais son existence il y a un an, je ne me doutais pas que j'étais père. Kinny a été déposée dans un panier, à la réception de Mareva. Il y avait un mot de sa mère et un certificat de paternité à mon nom.

Sienna fut si choquée qu'elle en resta d'abord sans voix.

— Une femme a abandonné son bébé dans une réception d'hôtel à Bora-Bora, c'est bien ça ?

Elle désirait tant avoir un bébé ! Elle ne parvenait pas à comprendre qu'une autre puisse abandonner le sien.

De nouveau, Kaï hocha la tête.

— Et elle n'était ni ta femme ni ta petite amie. Pourtant, elle affirmait que le bébé était de toi ?

— Oui. J'ai reconnu son nom, bien sûr. Elle s'appelait Paige. Je l'avais rencontrée dans une compétition de surf au Sri Lanka. C'était la kiné de l'équipe australienne. Nous sommes sortis ensemble, elle me plaisait beaucoup, mais elle m'a tenu à distance.

Tant mieux ! pensa Sienna, mal à l'aise à l'idée que Kaï ait pu fréquenter une autre femme. En fait, elle était transpercée par l'aiguillon brûlant de la jalousie.

Kaï continua :

— Jusqu'à la dernière nuit de notre séjour là-bas. Nous l'avons passée ensemble, mais elle avait été très claire : il n'y aurait que cette nuit-là, et elle ne voulait ni me revoir ni rester en contact. Le matin, elle était partie, et je ne l'ai pas revue.

— Puis un bébé a été déposé à la résidence hôtelière de tes grands-parents. Pauvre petit chou ! Est-ce qu'elle allait bien ?

— Elle était en parfaite santé, et depuis tout le monde l'adore et la dorlote.

— Tant mieux. Elle avait l'air adorable. Quelqu'un a vu sa mère ?

— Non. Mais le personnel de l'hôtel a rapporté la présence d'une jeune femme très maigre et nerveuse, l'air anxieux, dans les parages de la réception. Quand le panier a été découvert, elle n'était plus là.

— La pauvre ! Elle devait être désespérée pour laisser son enfant. Personne ne ferait ça de gaieté de cœur.

— En effet.

— Tu es sûr que la petite est de toi ?

— Elle me ressemble.

— Est-ce suffisant ?

— J'ai fait un test ADN par sécurité. Biologiquement, c'est ma fille.

— Et qu'est-ce que tu as ressenti en te retrouvant père d'une petite fille ? Cela a dû te causer un sacré choc.

Et elle-même, qu'éprouvait-elle en sachant que Kaï était père ? Cela modifiait le scénario de l'amourette de vacances ! Son esprit fonctionnait à toute vitesse. Si – et c'était un grand *si* – elle et Kaï décidaient d'entretenir une relation, en quoi la présence d'une fillette changerait-elle les choses ? Était-il en quête d'une maman pour la petite ? Ou s'opposait-il à ce qu'une autre femme exerce une influence sur Kinny ? Pour sa part, qu'éprouverait-elle en élevant l'enfant d'une autre ?

Kaï se leva et se mit à arpenter la véranda.

— Je ne savais pas quoi penser. C'était si inattendu ! Je n'avais pas envisagé d'avoir des enfants. Et tout à coup, à trente-trois ans, je me retrouvais père. Les premiers jours, j'étais dans tous mes états. Je ne pouvais pas emmener un bébé avec moi quand je courais le monde pour Wave Hunters ! Mes grands-parents voulaient se charger d'elle, et ont même proposé de l'adopter. Mais ça ne semblait pas plus juste. Au bout de quelques semaines, Kinny a résolu la question pour moi.

— C'est-à-dire ?

Kaï se rassit en face de Sienna.

— Je suis tombé amoureux d'elle – raide dingue de ma petite fille de six mois. Je voulais la protéger farouchement. C'est ma fille, et la petite personne la plus délicieuse qui soit.

Un grand sourire éclaira son visage, et Sienna en eut le cœur tout réchauffé.

— Donc, tu es un papa très fier de sa fille.

— Un papa à temps partiel, hélas, puisque je ne peux pas

diriger Wave Hunters à partir d'ici, ni l'emmener à l'étranger toutes les trois ou quatre semaines. Pour le moment, elle est heureuse avec mes grands-parents, mais ce n'est pas ce que je veux pour l'avenir. Et j'apprends toujours à être papa.

Les grands-parents renonceraient-ils à la petite, s'ils avaient voulu l'adopter ? Feraient-ils des difficultés pour toute femme vraiment engagée avec Kaï ?

— Il me semble que tu es déjà un vrai papa, aimant et attentif. Kinny a l'air adorable. Je... J'aimerais faire sa connaissance.

— J'aimerais que tu la voies. Il fallait que je t'en parle, parce que je désire t'inviter à notre Noël familial.

— Tu m'invites pour Noël ?

— Comme je te l'ai déjà indiqué, c'est spécial cette année. Les trois petites-filles y seront réunies pour la première fois.

— Est-ce que ton autre frère a des enfants ?

— Un adolescent studieux auquel mon père tient comme à la prunelle de ses yeux. C'est un bon garçon.

— Coulé dans le moule familial, si je comprends bien. Noël va se dérouler chez tes grands-parents ?

— Je l'espère. Ce sera la première fois que Kinny comprendra vraiment ce qui se passe, et *mama'u* et *papa'u* veulent se mettre en quatre. Ils ont invité tout le monde.

— Tout le monde ? Non, attends, laisse-moi deviner. Tes parents n'ont toujours pas accepté Kinny, ni la manière dont elle est entrée dans ta vie ?

Le regard de Kaï s'obscurcit.

— Mon père ne l'a jamais vue. Et refuse de lui faire une place à cause des circonstances de sa naissance. Et bien sûr, il y voit une raison de plus de désapprouver ma conduite « irresponsable ». Mais pour la première fois, ma mère lui a tenu tête. Elle voit Kinny aussi souvent qu'elle peut et elle la gâte. Tout le monde devrait adorer ma petite fille, je trouve. Mais bien sûr, je suis de parti pris !

— Forcément, dit Sienna en se penchant vers lui pour l'embrasser.

Elle l'avait trouvé parfait, avant, mais à présent son amour profond pour sa petite-fille augmentait sa sympathie et son admiration pour lui. Même si sa paternité signifiait qu'elle n'aurait peut-être aucun avenir avec lui.

— Et Paige ? La mère de Kinny ne pourrait-elle pas venir un jour réclamer sa fille ?

Kaï soupira.

— Hélas, non ! Dans le mot qu'elle a laissé avec Kinny, elle me disait que ses parents étaient morts depuis longtemps, qu'elle était fille unique, et qu'il ne resterait personne pour aimer Kinny lorsque Paige elle-même ne pourrait plus veiller sur elle. Le bébé devait être avec son père.

— « Ne pourrait plus veiller sur elle » ? Qu'est-ce que ça veut dire ? Cela ne présage rien de bon.

— Paige a été atteinte d'un cancer du sein très agressif au tout début de sa grossesse. Elle ne pouvait pas avoir de traitement pendant qu'elle était enceinte, mais elle a choisi de garder Kinny, et m'a confié la petite quand elle s'est su mourante.

— Oh non, Kaï ! Quelle tragédie. C'est affreux de penser à ce qu'elle a pu traverser, dit Sienna, les larmes aux yeux. Pauvre Paige ! Pauvre Kinny !

— Paige ne désirait pas que je la retrouve, mais j'ai réussi à la localiser dans une unité de soins palliatifs de Sydney et j'ai pris l'avion pour la voir. Je suis arrivé à temps pour lui tenir la main et lui promettre que Kinny aurait tout l'amour qu'elle pouvait souhaiter pour elle, et tout ce que l'argent permet. Elle est morte quelques jours plus tard…

— Vraiment, c'est tragique, répéta Sienna, qui n'arrivait pas à concevoir la douleur d'avoir à laisser son enfant.

— Je me suis demandé si j'aurais pu aider Paige si elle s'était manifestée plus tôt. Apparemment pas, dit Kaï.

Et Sienna lut du regret sur son visage – celui d'un homme qui n'avait pas pu secourir la mère de son enfant.

— Paige était une bonne personne. Et une bonne mère, reprit-il.

— Cela semble évident. Pourquoi ne t'a-t-elle pas mis au courant plus tôt, quand elle est tombée enceinte ?

— Elle a dit qu'elle ne serait jamais tombée amoureuse de moi – ce qui m'a fait mal, parce qu'elle me plaisait vraiment –, qu'il n'y avait aucune chance que nous entretenions une liaison ; alors, elle craignait que je veuille lui prendre le bébé. Elle était convaincue qu'elle aurait le traitement adéquat et qu'elle survivrait, après la naissance.

— C'est d'une tristesse indicible.

— Oui.

— Toi aussi, tu es une bonne personne. Kinny a de bons parents.

— Mais elle n'en a qu'un, pour le moment. Ce n'est pas une corvée. Tant qu'on n'a pas d'enfant, on ne réalise pas à quel point on les aime.

— Je suppose, dit-elle, luttant pour ne pas laisser transparaître son désir d'enfant et sa tristesse de ne pas en avoir.

Pouvait-elle aimer une fillette qui n'était pas la sienne ?

— Alors, viendras-tu fêter le jour de Noël avec ma famille ? demanda Kaï.

— J'en serais ravie.

— En ce cas, tu es aussi invitée à petit déjeuner demain avec mes grands-parents pour faire leur connaissance et rencontrer Kinny.

— Kinny ? Demain ? répéta-t-elle, le cœur battant. Est-ce qu'ils sont au courant de ma venue ?

— Ils le sauront quand je le leur apprendrai. Et ils te réserveront un accueil très chaleureux.

10

Dormir à la belle étoile. Kaï était ravi que les souhaits de Sienna se rattachent à la nature…

Il ne lui avait jamais demandé ses sentiments au sujet des enfants, mais sa réaction lorsqu'il lui avait conté l'histoire de Kinny lui avait révélé tout ce qu'il désirait savoir. S'il devait avoir une relation durable avec Sienna, Kinny en ferait partie. Kinny et lui n'allaient pas l'un sans l'autre.

Il retourna dans la cuisine pour prendre deux boissons fraîches qu'il rapporta dans la véranda, puis se rassit près de Sienna.

— Es-tu certain que tes grands-parents voudront de moi à leur petit déjeuner ? demanda-t-elle, anxieuse.

— Tout à fait certain. Nos allées et venues ont été remarquées. Ma grand-mère, en particulier, voudra connaître la belle Anglaise qui a occupé une si grande partie de mon temps ces derniers jours. Je tiens à ce que tu rencontres Kinny, mais aussi ma *mama'u*.

D'un geste instinctif, Sienna palpa ses cheveux, qui avaient séché en ondulant, car il n'y avait pas de sèche-cheveux sur place et l'air était très humide.

— Mais ma coiffure, mes vêtements…

— Ton short et ton T-shirt avec l'ananas seront parfaits pour le breakfast. Et tes cheveux sont ravissants comme ça.

— Si tu en es sûr…

— Plus que sûr. Tu es naturellement belle.

— Merci, dit-elle avec ce sourire lumineux qu'il aimait tant. Je prends ça comme un compliment.

— À propos d'habillage, j'aimerais aussi parler d'emballage des cadeaux.

— Emballage des cadeaux ?

— De déballage, plutôt.

Kaï sourit en voyant l'air intrigué de Sienna. Il leva les mains et les posa derrière son cou, où elle avait noué les extrémités du paréo.

— Pendant toute cette soirée, tu m'as provoqué avec ce paréo.

Lentement, il dénoua le nœud, et le morceau de tissu glissa jusqu'à la naissance des seins de Sienna. Elle sourit, avec lenteur, en le regardant dans les yeux.

— J'aime sentir tes mains sur ma peau, dit-elle en soupirant, les paupières mi-closes.

Il l'embrassa, et elle répondit à son baiser.

— Chaque fois que tu faisais un pas, ce soir, le tissu s'entrouvrait pour révéler tes cuisses, et je me demandais si tu étais nue dessous.

— Vraiment ? Il est peut-être temps que tu voies par toi-même. Un paquet-cadeau est destiné à être défait, non ?

— La moitié du plaisir est dans le déballage, dit-il d'une voix rauque.

Qui aurait cru que Sienna pourrait se montrer si provocante et sensuelle ? Il tira sur le tissu, révélant ses seins d'une rondeur parfaite, avec de petites pointes roses. Il inclina la tête et les happa tour à tour, les sentant durcir sous sa langue.

Alors qu'elle gémissait de plaisir, il tira sur le paréo, qui tomba au sol, dévoilant un string en dentelle.

— Il faut me débarrasser de ce slip...

Elle ne le quitta pas du regard alors qu'il écartait la dentelle le long de ses jambes et glissait un doigt au cœur de sa chair la plus sensible. Elle eut un soupir étranglé. Il rabattit le slip jusqu'aux chevilles et, d'un mouvement de pieds fébrile, elle l'aida à l'en délivrer.

Lorsqu'elle fut nue, il osait à peine croire qu'elle était là avec lui, et il la désirait tant que c'était un supplice de se contenir. Mais il devait retarder sa propre satisfaction pour assurer celle de Sienna. Avec ses lèvres et sa langue, il lui donna la plus intime des caresses, et il la sentit frémir et crier son prénom alors qu'elle atteignait la jouissance.

Elle avait le visage rose, les yeux brillants. Peu à peu, son souffle redevint régulier, et elle se redressa. Elle posa une main sur son bras.

— Je croyais te faire un présent, et...

— Tu m'en as fait un. Ton plaisir est mon cadeau.

— Alors, ai-je droit moi aussi à un cadeau à déballer ? dit-elle en regardant son paréo.

— Tout à fait, mais... laisse-moi aller chercher une protection, dit-il.

— Fais vite, répondit-elle. Je t'attends...

Quand il fut de retour quelques minutes plus tard, elle était abandonnée dans le fauteuil, en une pose sensuelle, belle dans sa nudité. Elle attira à elle sa tête virile pour un baiser.

— Je suis prête, Kaï. J'ai l'impression de t'avoir attendu pendant une éternité.

Ce furent les caresses de Kaï qui la réveillèrent. Elle s'était assoupie dans le fauteuil.

— Il est temps de te réveiller, si tu veux passer le reste de la nuit à la belle étoile, dit-il.

— J'ai dormi ? dit-elle en s'étirant.

Il lui avait donné tant de plaisir ! Elle leva les yeux vers Kaï et l'embrassa.

— T'ai-je dit que tu es merveilleux ?

— Plusieurs fois, oui. Toi aussi, tu es merveilleuse.

— Nous sommes merveilleux ensemble, alors ?

Elle se sentait surexcitée, enivrée par la jouissance sensuelle. Si elle était nue, elle n'éprouvait pas la moindre gêne avec Kaï. Ils avaient exploré chaque pouce de leurs corps. Il avait remis son paréo, bas sur les hanches - quoi de plus sexy sur un homme ? Un homme bâti comme Kaï, bien entendu.

— Oui. Et tu me trouveras encore plus merveilleux quand je te dirai que ton lit sous les étoiles t'attend.

Elle se redressa, balançant les jambes hors du fauteuil.

— Ah bon ? Où ça ?

— Pendant que tu dormais, j'ai descendu l'abri sur la plage et je l'ai installé à un endroit où rien n'entrave la vue sur le ciel. J'ai pris aussi des matelas de transats.

— Tu penses vraiment à tout !

Elle avait vécu en couple pendant des années, et en quelques jours Kaï s'était plus soucié d'elle et de ses besoins que son ex-mari ne l'avait jamais fait.

— Même à ça, dit-il en brandissant un aérosol anti-moustiques.

Elle fronça le nez.

— Pas très romantique.

— Les piqûres de moustiques le sont encore moins.

Elle se mit debout et le laissa pulvériser sur elle le répulsif. Puis elle lui rendit le même service, portant un regard possessif sur son corps splendide. Ne résistant pas au plaisir de le toucher, elle effleura les tatouages qui décoraient le haut de son bras gauche.

— J'en mets aussi là-dessus ?

— Oui, dit-il, amusé. Ce n'est que de l'encre sur la peau.

— Ce sont des tatouages très particuliers. J'ai remarqué que beaucoup de gens en portent, ici.

— Ils font partie de notre culture. Les premiers missionnaires les avaient interdits, et amenaient les hommes comme les femmes à se couvrir de vêtements.

— C'est scandaleux !

— Nous avons remis à l'honneur nos tatouages et nos paréos. Les tatouages sont particuliers à chacun, et en général ils racontent une histoire.

— Que disent les tiens ?

— Mon lien avec l'océan et mon profond respect pour son pouvoir.

Il l'enveloppa du paréo qu'elle avait porté avec une douceur caressante. Elle le suivit au-dehors. Il éteignit l'éclairage extérieur, plongeant la maison et ses alentours dans les ténèbres. Puis il lui remit une torche.

— Tu t'habitueras à la lumière de la lune et des étoiles, mais au début tout va te paraître très noir.

La descente vers la plage avec Kaï, à la lueur d'une torche, avait tout d'un rêve. L'abri était installé loin des vagues, et deux longs matelas étaient étalés devant.

— L'abri n'est là que pour le cas où il pleuvrait. Inutile de nous mettre dessous maintenant.

— Le ciel est encore plus beau que je ne l'avais imaginé.

— Allongeons-nous sur les matelas et éteignons nos torches. Tu en auras plein la vue !

Ils se retrouvèrent plongés dans le noir total, enlacés, et ils contemplèrent l'immense voûte céleste et veloutée, le croissant de lune, les milliers d'étoiles scintillantes. Peu à peu, ses yeux s'accoutumèrent aux ténèbres, et elle réalisa que les astres diffusaient leur propre lueur, ténue et argentée.

— Toutes ces étoiles… j'ai l'impression de me noyer dans cet océan-là. Quelle sensation extraordinaire ! murmura-t-elle.

— Tu n'as pas besoin de chuchoter, personne ne peut nous entendre.

— Chuchoter, ça semble plus respectueux.

Il n'y avait pas d'autres bruits que le grondement doux des vagues venant s'échouer sur le sable puis retournant à l'océan, le bruissement des feuilles de palmier sous la brise, le chant des oiseaux dans le feuillage, et leurs souffles mêlés. Soudain, elle tressaillit.

— J'ai vu une étoile filante !

— As-tu fait un vœu ?

— Non, elle avait déjà disparu.

— Continue à guetter. Il y en aura d'autres.

C'était tout juste si elle osait ciller, de peur de manquer la prochaine occasion. Quand une autre étoile filante traversa le ciel, elle fit son vœu – avec ferveur.

Je souhaite une seconde chance pour vivre mes rêves.

Elle ne voulait pas que s'achève ce moment avec Kaï. Elle était avide d'en partager d'autres avec lui, de savoir s'il y avait plus entre eux qu'un flirt de vacances.

— As-tu fait un vœu ? chuchota-t-elle.

— Oui.

— Moi aussi. Qu'est-ce que tu as souhaité ?

— Tu sais bien que je ne peux pas te le dire, sinon il ne se réalisera pas.

— Très bien. Gardons le secret, alors.

Elle leva de nouveau les yeux vers le ciel, longuement, fascinée par les étoiles innombrables.

— Cette nuit à la belle étoile dépasse mes rêves les plus fous. Elle est parfaite, mais elle pourrait être plus parfaite encore.

— Comment ça ?

— Si on faisait l'amour sous les étoiles.

Elle se tourna vers lui. Son paréo avait glissé, et elle dénoua celui de Kaï pour presser son corps nu contre le sien, savourer le contact de ses muscles fermes, la douceur satinée de sa peau, la puissance de son érection. Ils firent l'amour avec lenteur, pour atteindre enfin la jouissance, ensemble, leurs cris s'élevant dans la nuit.

Après que Kaï se fut endormi dans ses bras, Sienna resta longtemps éveillée, comblée, contemplant le ciel. Elle aurait voulu que ce moment se prolonge à l'infini.

Elle se réveilla plusieurs heures après, inondée par la tiède pluie tropicale. Elle voulait rester sous l'averse, mais Kaï la convainquit de se mettre à l'abri.

Il n'était pas déplaisant d'être assise sous l'abri, adossée au torse ferme de Kaï, et d'écouter tomber la pluie, de humer son odeur de terre mouillée, de regarder à la lumière des torches les dessins que les grosses gouttes formaient sur le sable. L'ondée cessa au bout de dix minutes et, de nouveau allongée à la belle étoile, elle se rendormit.

Ce fut Kaï qui la tira de son sommeil, en l'embrassant sur une épaule.

— Regarde, dit-il, désignant l'océan.

Sienna reprit vite ses esprits, et laissa échapper un soupir d'émerveillement en voyant un énorme soleil surgir de l'océan. Il incendiait d'or un saupoudrage de nuages bas, illuminait un chemin sur l'eau qui menait tout droit à eux et nimbait de ses rayons le corps bronzé de Kaï, apportant la lumière du jour sur son île.

— C'est magnifique, s'extasia-t-elle.

— Tu as maintenant vu un lever et un coucher de soleil sur ces îles. Quoi de plus beau ?

Toi, pensa-t-elle en son for intérieur.

— Jamais je n'oublierai ce temps passé ici, avec toi, dit-elle d'une voix tremblante.

— Allons nager ! suggéra Kaï pour chasser sa tristesse soudaine. Il y a peu de choses aussi grisantes que de nager nu.

Pour Sienna, rien n'était plus enivrant que de faire l'amour avec Kaï. Mais, main dans la main, elle courut avec lui jusqu'au rivage, et découvrit la joie de nager en parfaite osmose avec les vagues.

Ils n'échangèrent pas un mot sur le chemin du retour à la maison. Parler aurait rompu le charme de ces instants, qu'elle savait aussi éphémères que les étoiles filantes. Et elle ne supportait pas cette idée. Elle connaissait Kaï depuis peu et pourtant elle n'aurait pas dû éprouver un attachement aussi fort. Qui sait ? De retour à Londres, Kaï lui ferait peut-être l'effet d'un songe évanoui.

— Tu es sûr que je suis présentable ? demanda Sienna, douchée et vêtue de son short et de son T-shirt orné d'un ananas.

À la perspective de faire connaissance avec la fille et les grands-parents de Kaï, elle se sentait extrêmement nerveuse.

— Pas seulement présentable… tu es ravissante.

Il lui effleura la joue.

— Je me sens mal de ne rien avoir à apporter à ta grand-mère.

— Elle est au courant des circonstances de notre visite.

— Elle sait que j'ai passé la nuit avec toi sur cette île ?

— Nous ne sommes plus des ados ! Cela ne regarde que nous.

Kaï l'attira dans une étreinte, qu'elle accueillit avec bonheur. Elle adorait être au creux de ses bras puissants et protecteurs, et aurait voulu rester ainsi pour toujours.

— Mettons-nous en route, dit-il en la relâchant. Je meurs de faim, et ma grand-mère cuisine comme un chef ! Il ne nous faudra pas longtemps pour arriver là-bas en bateau.

11

En dehors de la maison et de quelques dépendances, le *motu* de Kaï était spartiate, et c'était là son charme. Pour accéder à celui de ses grands-parents, beaucoup plus luxueux, ils durent franchir un pont enjambant un lagon où affleuraient nénuphars et lotus roses et blancs, puis marcher sur une longue allée bordée de fleurs tropicales d'un rouge éclatant. La senteur des tiarés embaumait l'air.

La maison, toute de bois et de palmiers, était lovée dans le paysage.

— Je suis impressionnée, dit Sienna.

— La maison est un *faré*, construit dans le style traditionnel polynésien. J'étais sûr que ça t'intéresserait.

— Tout est incroyable. La maison, le lagon, ce toit tressé ! C'est ici que tu as vécu quand tu as quitté la maison de tes parents ?

— J'ai mes quartiers derrière la maison principale. Le *faré* traditionnel comporte différentes aires de vie dans des espaces séparés.

La maison était stupéfiante à l'intérieur : hauts plafonds chaumés, murs de bambou tressé, superbes œuvres d'art et sculptures. Elle en était bouche bée. Kaï s'était bâti une fortune, mais il était issu, de toute évidence, d'une famille aisée.

Il l'entraîna dans un couloir, et la première personne qu'ils croisèrent alors qu'ils gagnaient la pièce de vie fut Kinny. La petite fille avança à pas hésitants vers son père et se cramponna à ses jambes en s'écriant :

— Papa !

Kaï, rieur, la souleva dans ses bras pour l'embrasser sur les joues.

— Ma poupette !

C'était bien la petite brune adorable que Sienna avait vue sur la plage, avec une masse de cheveux bouclés, de grands yeux marron et un visage en forme de cœur. Elle se mit à sucer son pouce et considéra Sienna d'un air grave. Elle ressemblait énormément à Kaï.

— Bonjour, Kinny. Je m'appelle Sienna, dit-elle, recourant à la langue française pour se présenter.

— Elle apprend à parler l'anglais en même temps que le français, dit Kaï, avec un regard fier sur sa petite fille.

Puis soudain, la grand-mère de Kaï, Heiani, apparut, chaleureuse et vive, avec une masse de cheveux blancs et bouclés et une fleur d'hibiscus derrière l'oreille. Elle parlait anglais avec un charmant accent français.

— *Maeva*... Bienvenue. Vous devez avoir faim.

— Nous nous sommes levés avec le soleil et nous avons nagé. Alors, oui, nous sommes affamés ! dit Kaï.

Une fois les présentations faites, Heiani se concentra sur Sienna.

— Alors, c'est bien vous..., dit-elle avec lenteur.

— Pardon ? dit Sienna, saisie par les yeux noirs de son aînée.

— C'est vous qui avez engagé Kaï comme moniteur, dit Heiani, détournant les yeux.

Sans trop savoir pourquoi, Sienna aurait juré que ce n'était pas ce qu'elle avait voulu dire. Elle rougit.

— Je m'en excuse. J'ignorais qui il était quand je l'ai sollicité, et il ne m'a dit la vérité qu'après.

— Mon petit-fils est très discret et ne fait pas état de sa réussite. Faire preuve de modestie et d'un grand cœur sont d'importantes qualités pour le peuple polynésien. Il les possède toutes les deux.

— C'est ce que j'ai découvert, confirma Sienna.

— Vous avez sûrement remarqué aussi qu'il est le plus beau de mes petits-fils, dit Heiani avec un sourire affectueux, alors que Kaï calait Kinny sur sa hanche.

— Oui, admit Sienna, incapable de maîtriser un sourire énamouré en contemplant Kaï avec sa fille.

Quand elle l'avait remarqué, c'était sa beauté qui l'avait attirée ; mais depuis qu'elle le connaissait, elle savait qu'il était également beau de l'intérieur.

Elle s'aperçut que Heiani avait capté son sourire, et rougit de plus belle. Que pensait Heiani du fait que son petit-fils amenait chez eux une cliente de sa résidence hôtelière ?

On leur annonça que le petit déjeuner était servi, et Kaï guida Sienne sur un balcon ombragé donnant sur le lagon et l'océan au-delà. Ils furent rejoints par le grand-père de Kaï, Teri, un homme grand, aux larges épaules, avec un sourire chaleureux et une attitude réservée. Sienna fit son choix parmi les fruits tropicaux, les yaourts, le granola, les pancakes à la banane, les viandes froides... Et les *firifiri* – les beignets tahitiens au lait de coco, en forme de huit.

Avant de s'asseoir, Kaï lui murmura doucement à l'oreille :

— Je crois que Kinny a quelque chose pour toi.

La petite fille marchait avec précaution, en tenant dans sa main des fleurs d'hibiscus rouges.

— Dans les bras, dit-elle impérieusement.

— Tu crois que je peux ? demanda Sienna, tournée vers Kaï.

Il hocha la tête. Elle souleva la petite fille et la cala sur ses genoux, émue aux larmes. Elle fut envahie de nostalgie. Elle avait trente-deux ans, elle aurait pu avoir aujourd'hui une fillette de l'âge de Kinny. La petite sourit, montrant ses premières dents. Bien à l'abri dans les bras de Sienna, elle lui fit signe de pencher la tête et mit une fleur d'hibiscus derrière chacune de ses oreilles.

— Pour toi, dit-elle.

— Merci, dit Sienna. C'est très gentil.

Kaï les regardait avec un sourire indulgent.

— C'est bien, Kinny, dit-il. Sienna a l'air d'une Polynésienne, maintenant.

Sienna donna à l'adorable petite fille une bise sur chaque joue, à la française, comme elle avait vu Kaï le faire, humant sa senteur enfantine de pomme et de miel. Elle n'était pas préparée à l'élan de son cœur lorsque la fillette lui noua les bras autour du cou et l'embrassa à son tour.

— Merci, Kinny, lui dit-elle d'une voix un peu étranglée.

Elle sentait sur elle le regard de Heiani, mais était incapable de cacher ce qu'elle ressentait.

Kaï installa Kinny sur un rehausseur de chaise, entre lui et sa grand-mère, qui pouvaient ainsi l'aider à manger. La petite était indépendante et avait des idées bien arrêtées sur ce qu'elle aimait ou pas.

— Kinny t'aime bien, dit Kaï. C'est une enfant ouverte et amicale, mais elle peut se montrer timide avec les étrangers. Tu as fait sa conquête.

— Je l'espère. Parce que je l'aime beaucoup. C'est un don précieux que tu as reçu là.

— Un vrai trésor. Je suis un homme heureux.

Quand ils eurent fini de déjeuner, Teri s'excusa, puis partit pour la résidence. Sienna apprécia qu'il embrasse sa femme avant de partir, comme le faisaient ses propres parents.

Heiani se tourna vers Sienna et Kaï.

— Nous comptons vous avoir avec nous pour Noël.

— Merci beaucoup de m'inviter, dit Sienna. Je redoutais de passer Noël seule. Mais votre résidence organise une fête, je crois ?

— Ce n'est pas la même chose que d'être en famille et avec ses amis, et Kaï m'a dit que vous fêtiez Noël avec vos proches, d'habitude.

— Oui, nous sommes très unis. Mais je suis sûre que j'aurai plaisir à être avec vous. Je n'ai jamais passé Noël à l'étranger. Et puis il n'y a pas d'enfants dans notre famille. Alors, ce sera un plus d'être avec Kinny et vos autres petites-filles.

— Noël est magique, vu à travers les yeux des enfants, reprit Heiani. Kaï vous a-t-il parlé du défilé samedi prochain ? Nous y emmènerons Kinny. Il faut que vous veniez avec nous.

— Si Sienna veut y assister, *mama'u*, glissa Kaï.

— Sienna veut bien, dit Sienna, ce qui fit rire tout le monde.

Elle avait plaisir à être ici, avec la famille de Kaï et avec sa fille. Elle s'y sentait comme chez elle. Comme elle captait le regard de Kaï, elle se remémora sa passion, son ardeur amoureuse. Cela lui chamboula le cœur.

Elle était en train de s'éprendre de lui.

Ce n'était pas, n'avait donc jamais été une liaison de vacances. Cela allait au-delà de leur complicité sensuelle, et du fait qu'elle admirait le père qu'il était. Or voici qu'elle s'entichait aussi de sa petite fille. À quoi cela les mènerait-il ?

— J'emmène Sienna à Vaitape pour visiter la joaillerie de tonton Raï et faire des emplettes, aujourd'hui, dit-il.

— Vous voulez nous aider à décorer le sapin, samedi, Sienna ? proposa Heiani. Et après, on irait à la parade de Noël.

— J'en serais ravie, répondit-elle, avec un enthousiasme mêlé d'appréhension.

Plus elle se rapprochait de Kaï et de Kinny, plus elle aurait de mal à leur dire au revoir.

— La parade de Noël est une reconstitution historique à Vaitape. Il y a beaucoup de chants et de danses, et des chars. Je crois que ça te plaira, développa Kaï. Kinny sera aux anges.

— Ça promet d'être amusant. Et très différent des fêtes de Noël que j'ai connues.

— Cette année, tu danseras en paréo dans les rues ! dit Kaï.

Kaï portait Kinny dans ses bras, alors que Sienna et lui, côte à côte, disaient au revoir à sa grand-mère. Kinny essaya de dire « bye-bye, Sienna », mais ne réussit pas à bien prononcer ce prénom peu familier.

— Bye-bye, Kinny, ma petite chérie.

Ils avaient l'air d'une famille, à eux trois. Il le savait. Sa grand-mère le savait aussi. Il ignorait si cette même idée avait traversé l'esprit de Sienna.

Il était heureux qu'elle se soit si bien entendue avec ses grands-parents – sa grand-mère n'avait pas eu à prononcer un mot pour qu'il sache qu'elle approuvait. Une approbation totale, à en juger par ses regards en coulisse, et les invitations à se joindre à la famille pour d'autres activités.

Kinny a besoin d'une mère. Combien de fois sa grand-mère avait-elle répété cela ?

Sa fille était liante, mais pouvait se montrer timide avec des inconnus. Il n'en avait pas été ainsi avec Sienna. Tout s'était bien déroulé avec elle, au-delà de ses espérances. Peut-être parce que les enfants avaient une attirance naturelle pour les gens jeunes. Kinny adorait ses cousines françaises.

À moins que la petite n'eût pressenti, comme lui, que Sienna pourrait devenir importante pour elle ? Sienna avait-elle éprouvé la même chose ? Il avait remarqué qu'elle avait du mal à détacher le regard de sa petite fille. Que pensait-elle des enfants ? Ils avaient eu si peu de temps ensemble pour aborder les choses importantes : ce qu'ils voulaient faire de leurs vies, et si des enfants y auraient une place ; ou ce qu'elle ressentait à l'idée de devenir la maman de l'enfant d'une autre. Toutes les choses qui auraient pu les conduire au-delà d'une simple liaison.

Kaï avait été choqué par les réactions de certaines connaissances, lorsqu'elles avaient appris l'existence de Kinny. « Un bébé ? Ce sera un boulet pour toi », avait été la réaction courante. Sans parler des : « Tu peux toujours la faire adopter. » Pas une seule seconde il n'avait envisagé d'abandonner Kinny. Pas une seule seconde ses grands-parents ne lui auraient permis de l'envisager.

Il avait tenté de trouver un équilibre entre les besoins de Kinny, les exigences de Wave Hunters et sa vie personnelle. Et voici qu'un joker se présentait dans la partie : Sienna. Il ne pensait plus qu'à être avec elle, à lui faire une place dans sa vie.

Mais comment cela pourrait-il se faire ?

12

Sienna aimait faire du shopping, faire des trouvailles, chiner des objets anciens...

Ce n'était pourtant pas un prétexte professionnel mais le désir d'acheter un collier à sa mère qui l'amenait dans la caverne d'Ali Baba qu'était la joaillerie de « tonton Raï », l'oncle de Kaï, spécialiste des perles noires de Tahiti.

Raï avait l'âge des grands-parents de Kaï, des cheveux gris et courts, une barbe soignée, et des manières charmantes.

— Que connaissez-vous aux perles de Tahiti ? lui demanda-t-il.

— Rien, si ce n'est qu'elles sont très belles. Et qu'elles sont produites à l'intérieur d'une huître.

Kaï se mit à rire.

— Attends-toi à un cours complet ! Tonton Raï est un expert.

— J'ai une question, Raï. On parle de perles noires de Tahiti, mais je vois en regardant autour de moi qu'elles ne le sont pas toutes.

— Vous avez raison. L'éventail des couleurs va du noir de jais à toute une série de couleurs iridescentes : bleu, violet, rose, argenté, brun, vert, crème, bronze et jaune. Avec, de surcroît, des variations de nuances.

— Sont-elles colorées artificiellement, pour obtenir tant de couleurs ?

Raï parut choqué.

— Jamais de la vie ! Ces couleurs sont naturelles, produites par les huîtres perlières – de grands mollusques qu'on ne trouve que dans les eaux de la Polynésie française. Ce processus naturel explique aussi la diversité des formes. Les perles ne sont que rarement parfaitement sphériques.

— Mais les perles qui ont le plus de valeur sont les perles noires ? demanda-t-elle, un peu perturbée par la présence de Kaï, qui semblait amusé par cet « interrogatoire ».

— La couleur la plus rare et la plus précieuse est le vert foncé avec des reflets bleu canard. Les perles vertes sont d'une très grande beauté. Je vous en montrerai quand je vous emmènerai dans notre salon VIP.

Tout un coin du showroom était consacré à la culture des précieuses « gemmes de la mer », élevées dans les diverses fermes perlières des îles de Polynésie française. Il mettait en évidence le procédé, qui consistait à introduire dans une huître adulte un petit morceau de coquillage qu'elle recouvrirait ensuite de couches de nacre pour former une perle. Pendant deux ans, les huîtres nacrières menaient une vie protégée sous l'eau, sur de longs filets, jusqu'à la récolte des perles. Tout cela représentait beaucoup de travail, et un savoir-faire d'excellence, qui fascina Sienna.

— C'est passionnant, dit-elle à Raï. Et je suis sûre que je serai encore plus émerveillée par les perles montées en bijoux. Je suis décoratrice d'intérieur, avec un nombre conséquent d'abonnés sur les réseaux sociaux, et je crois qu'ils s'intéresseraient aux perles de Tahiti. Accepteriez-vous une courte interview que je mettrais en ligne ?

— Quand elle dit « conséquent », elle parle d'un million de followers, glissa Kaï.

— Bien sûr, répondit Raï.

Kaï avait appris à Sienna que des célébrités en vacances à Bora-Bora achetaient souvent des perles dans la boutique de son oncle. Mais le faire connaître à plus d'un million de personnes en quête de conseils déco ne nuirait certes pas à ses affaires.

— Je croyais que tu devais profiter de tes vacances et ne pas travailler ! Mais sois tranquille, je ne dirai rien à tes sœurs si tu gardes le secret de ton côté, plaisanta Kaï.

Bien sûr, il ne connaissait pas ses sœurs, et ne les connaîtrait probablement jamais. Elle n'avait pas parlé de lui à Thea et Eliza. Elle n'avait envoyé qu'un bref SMS ce matin, pour leur dire que le moniteur de kitesurf l'avait aussi initiée au surf. Pas un mot sur l'île privée, ni sur leur nuit d'amour à la belle étoile. Et elle ne leur avait certes pas dit qu'elle était amoureuse de lui, et luttait contre ce sentiment parce qu'elle ne voyait pas comment il pourrait perdurer hors des paysages magiques de ce paradis tropical.

— Je t'en serais reconnaissante, dit-elle. Mais partout où je pose les yeux, j'ai envie de prendre une photo qui plairait à mes abonnés.

— Sienna pourrait faire de toi une star, tonton Raï, dit Kaï.

— Les stars, ce sont les perles, dit Raï avec beaucoup de sérieux.

Après avoir tout admiré pendant une demi-heure, Sienna arrêta son choix sur un rang de perles tirant sur le violet, pour sa mère.

— Excellent choix, dit Raï.

— Je crois qu'elle va adorer ça. Je suis très contente.

Raï lui accorda, de plus, une remise importante. Elle

acheta des boucles d'oreilles pour Thea et Eliza. Et pour elle-même, un pendentif de caractère : une perle noire baroque sertie dans une petite coquille d'huître stylisée et argentée. Et une paire de boucles d'oreilles.

— Soyez sûre d'avoir obtenu la meilleure qualité au meilleur prix, lui dit Raï.

— Merci. J'aime beaucoup vos pièces contemporaines. Qui les dessine ?

— Ma petite-fille. Elle a fait une école de design à Paris.

— C'est encore plus intéressant. J'ai hâte de publier ça sur mes réseaux !

— Au fait, et ces fameuses perles vertes ? glissa Kaï. Sienna aimerait les voir.

Le collier constitué d'un triple rang de perles au lustre exceptionnel, en diverses nuances de vert, était à couper le souffle – tout comme son prix, astronomique.

— Essaye-le, suggéra Kaï. Il ira bien avec tes yeux.

— Je n'ose pas, dit-elle, debout devant le miroir en pied.

— Laisse-moi faire.

Délicatement, il lui releva les cheveux et ferma le collier sur sa nuque. Ses doigts lui effleurèrent la peau, et elle fut parcourue de petits frissons sensuels. Elle n'aurait jamais cru que l'attirance physique pouvait être aussi puissante. Si Raï n'avait pas été là, elle se serait retournée dans les bras de Kaï pour l'attirer à elle et l'embrasser. Et ensuite...

Debout devant le miroir, elle admira le collier. C'était une merveilleuse pièce de joaillerie. Beau dans son écrin de velours, sur elle il prenait vie. Les perles semblaient se refléter dans ses prunelles, contrastaient joliment avec sa peau crémeuse. Elles étaient un peu chaudes au contact, comme si elles émettaient une énergie. Et elle n'en finissait plus de contempler son reflet.

— Ce collier semble avoir été fait pour toi, dit Kaï.

Il était debout derrière elle, les mains posées sur ses épaules. Éprouvait-il le même trouble insensé qu'elle ? Tandis que Raï, qui leur tournait le dos, rangeait quelque chose dans un meuble, il lui murmura d'une voix rauque à l'oreille :

— Je t'imagine vêtue de ce collier, et de rien d'autre.

Soutenant son regard reflété dans la glace, elle chuchota en retour :

— Si, une paire d'escarpins à hauts talons.

Kaï eut un drôle de soupir étranglé, puis recula d'un pas. Raï les regardait de nouveau. Il devait se douter que son neveu et elle étaient plus que des amis, mais elle s'en moquait.

— Vous permettez que je prenne un selfie avec ce collier, pour ma page d'accueil ? demanda-t-elle à Raï.

— Faites, répondit-il. Comme l'a dit mon neveu, on le croirait conçu pour vous. La couleur, la taille, tout est parfait.

En prenant le cliché, elle eut presque l'impression de se voir nue dans le miroir, seulement parée du collier de perles et d'une paire d'escarpins brillants ; Kaï était debout derrière elle, nu lui aussi, penché vers elle, avec sa peau brune, ses tatouages hardis, sa chevelure retombant sur ses épaules. Voilà un post qui deviendrait viral ! Mais lorsqu'elle releva de nouveau les yeux, c'est une autre image qu'elle découvrit...

Elle remercia Raï pour son aide et, sans y penser, l'appela « tonton Raï ». Cela le fit rire.

— C'est comme si vous faisiez déjà partie de la famille.

Déjà ?

13

Dès qu'ils se furent éloignés de la boutique, Sienna poussa Kaï contre une barrière et l'embrassa comme une perdue. Il lui rendit la caresse avec autant d'emportement.

Puis elle s'écarta enfin, à bout de souffle.

— On passe la nuit ensemble ?

— Oui. Je dînerai avec Kinny, puis je la coucherai et je ramènerai le bateau. Ce n'est un secret pour personne qu'on sort ensemble, à Mareva. S'il y a un endroit où tu aimerais aller dîner, fais-le-moi savoir.

— Est-ce qu'on ne pourrait pas...

— Oui, quoi ?

— Il me reste si peu de temps... Au lieu du restaurant, l'hôtel ne pourrait pas livrer quelque chose dans ma villa ?

— Très bonne idée.

Sienna émit un soupir de soulagement.

— D'ici là, il faut qu'on déjeune. J'aimerais essayer une roulotte.

— Un de nos célèbres camions de restauration ? Pour un repas rapide, ils peuvent être excellents. Je vais te montrer mon préféré !

La roulotte était très pittoresque, et installée au milieu des bananiers, au bord d'une plage.

— Mmm, ça sent drôlement bon ! dit-elle alors qu'ils s'attablaient.

La table était un peu bancale, et calée par un carton replié sous un pied, ce qui contribuait au charme de ce lieu.

— Le menu est sur l'ardoise. Ils ont quelques plats chinois. La cuisine chinoise a influencé elle aussi notre cuisine tahitienne, tu sais.

— Que me conseilles-tu ?

— Je vais prendre le filet de poisson.

— Et moi, un *chow mein*, dit Sienna. Laisse-moi t'inviter, s'il te plaît.

— Sûrement pas !

— Mais...

— Il n'y a pas de mais, dit Kaï, d'un ton qui n'admettait pas de réplique.

Il se leva pour aller commander leur repas et rapporta leurs plats à table, ainsi que des bouteilles d'eau minérale.

— Merci de m'avoir emmenée chez ton oncle Raï, dit-elle. J'espère que je ne t'ai pas contrarié en passant en mode « boulot ». C'était plus fort que moi.

— J'ai pris plaisir à te voir à l'œuvre. Il faudra que je te suive sur les réseaux sociaux, pour voir de quoi aura l'air ton épisode de shopping dans le monde de la perliculture !

— Bonne idée. Et si tu mets un commentaire sympa, ce sera encore mieux !

Ils conclurent leur repas avec de délicieuses mangues, proposées dans un panier au comptoir.

— J'ai vraiment apprécié le repas, merci, dit Sienna. Avant qu'on aille faire des emplettes, quels cadeaux pourrais-je apporter à ta famille pour Noël ?

— Tu n'es pas censée apporter quoi que ce soit. Nous échangeons nos cadeaux le soir du réveillon.

— Tout de même, j'aimerais avoir un présent pour ta grand-mère, au moins. Mais que pourrais-je acheter ici qu'elle n'ait déjà ? Si j'étais à Londres, ce serait différent.

— S'il te plaît, ne te donne pas cette peine.

— Quelque chose pour Kinny, alors ?

— Peut-être, oui.

Sienna aurait aimé acheter aussi un cadeau pour Kaï, mais quoi ?

— Où allons-nous, maintenant ? demanda-t-il lorsqu'ils se furent éloignés de la roulotte.

— Je voudrais des décorations, dit-elle. Il y a un ou deux ans, le chat que j'accueillais a bondi sur notre sapin et l'a fait tomber. Nous n'avons toujours pas remplacé toutes les boules cassées. J'ai vu une mignonne petite tortue en verre soufflé l'autre jour, dans une boutique, mais comme elle était envahie je me suis lassée d'attendre.

— Tu accueilles des chats ?

— Oui, en attendant leur adoption, mais dans ce cas particulier j'ai fini par le garder.

— Où est-il en ce moment ?

— Chez une voisine qui l'a pris en pension. Aimes-tu les chats ou les chiens ?

— Je n'ai jamais eu la chance d'en avoir. Mes parents n'aimaient pas les animaux de compagnie. Et mon style de vie n'est pas idéal pour en garder. Mais il me semble que je préférerais un chien.

— J'aime aussi les chiens, mais comme pour toi un chien ne pourrait pas s'intégrer à mon style de vie. J'adore mon chat. Et s'il te plaît, ne me dis pas que c'est un substitut d'enfant.

— Je n'allais rien dire de tel ! Mais ça amène une question. Tu n'as pas eu d'enfants avec ton ex-mari ?

Elle eut un temps d'arrêt.

— Non.

— Excuse-moi, je n'aurais pas dû te demander ça.

— Non, c'est une question tout à fait légitime. J'ai toujours désiré des enfants. Je... n'aurais pas épousé Callum si j'avais cru qu'il n'était pas sur la même longueur d'onde. Il a changé d'avis, apparemment. C'est l'une des causes de notre rupture. En dehors de ses multiples infidélités, évidemment !

Kaï jura pour la première fois depuis qu'elle le connaissait. Il l'entraîna à l'ombre d'un bananier, et elle se laissa faire. Ce n'était vraiment pas une conversation à avoir en public...

— Sienna, je...

Elle leva une main.

— Je t'en prie. J'aurais dû ne rien dire. J'ai tourné la page en ce qui le concerne. Mais les enfants... ça fait toujours mal. Tu as de la chance d'avoir Kinny. Elle est vraiment adorable.

Kaï l'attira entre ses bras, et elle ne résista pas. Il était si fort et rassurant ! Les yeux clos, elle savoura le plaisir d'être avec lui.

— Kinny t'aime beaucoup, tu sais.

— Si j'avais eu une petite fille, j'aurais voulu qu'elle soit comme elle.

— C'est un sacré compliment.

— C'est une petite personne tout à fait merveilleuse.

Quelle situation sans issue ! Elle était amoureuse de Kaï, adorait sa petite fille et ce pays paradisiaque. Mais sa vie était à Londres. À près de seize mille kilomètres, à l'autre bout du monde.

Elle s'arracha aux bras de Kaï et se remit à marcher vers les boutiques. Elle pouvait profiter de la compagnie de Kaï, de Kinny et de sa famille le jour de Noël, mais elle ne pouvait pas trop s'attacher à eux. Elle devait préserver son cœur.

Kaï cherchait peut-être une maman pour Kinny – une

épouse qui veillerait sur sa fille tandis qu'il courrait le monde pour Wave Hunters, mais pour elle ça ne pourrait pas fonctionner. Elle adorait son travail, et devait vivre en Angleterre.

Elle mettait la charrue avant les bœufs, comprit-elle. Kaï n'avait nullement parlé de la revoir après son départ. Son invitation n'était peut-être qu'une façon de l'accueillir alors qu'elle était loin des siens. Cette rencontre avec sa famille pouvait très bien n'avoir aucune signification particulière.

— Ah, je crois reconnaître la boutique, dit-elle. La petite tortue fera de l'effet sur le sapin de Noël. L'année prochaine, bien entendu.

— Tu fêteras Noël en famille, l'an prochain ?

— Je n'y ai pas pensé, en fait. Si ça se trouve… mes parents essayaient de nous dire quelque chose en choisissant de partir pour les fêtes.

— Et tes sœurs ?

— Va savoir ! Thea a rencontré un ancien ami sur les pentes de ski japonaises. J'ai toujours pensé qu'elle serait bien avec lui s'ils allaient au-delà de l'amitié. Elle et Eliza trouveront un partenaire un jour ou l'autre. Noël pourrait être très différent, alors.

— Et toi ? Te vois-tu avec un mari, un jour ?

— Non, dit Sienna. Je ne crois pas que je pourrai de nouveau faire confiance à un homme. J'ai surpris mon mari au lit avec une autre, et découvert qu'il m'avait trompée et manipulée pendant des années. Dieu merci, mon père avait veillé à ce que je mène mes affaires en toute indépendance et que la maison soit à mon nom ; sinon, il m'aurait aussi minée financièrement ! C'était en partie ma faute, je l'ai laissé me dominer. Cela ne se reproduira plus. Et toi ?

Kaï eut un temps d'arrêt.

— J'ai largement mon compte de responsabilités avec Kinny et Wave Hunters pour envisager d'autres engagements, dit-il.

Sa position était claire. Elle s'était trompée. Elle n'était pour lui qu'une aventure, et souffrirait si elle se laissait aller à envisager autre chose.

Kaï ne pouvait s'empêcher d'être amusé en voyant Sienna acheter des ornements de Noël dans les boutiques de Vaitape, en s'exprimant couramment en français.

— Puisque j'ai été invitée à vous aider à décorer le sapin, j'ai pensé apporter de nouveaux ornements. J'adore la tortue en verre. Ta grand-mère l'aimera sûrement aussi, non ?

— Elle plaira à Kinny, c'est sûr.

— J'aime bien le palmier et l'ananas, aussi. Ils sont super.

Comme la souffleuse de verre qui avait réalisé les ornements était présente dans le magasin, Sienna la filma et l'interviewa. Kaï voyait une autre facette de sa personnalité : celle de la femme d'affaires accomplie.

Mais s'il éprouvait du plaisir à la voir enthousiaste, cela avait quelque chose de doux-amer. Les blessures causées par l'échec de son mariage étaient encore à vif. Sienna voudrait-elle jamais s'impliquer de nouveau ? De plus, sa vie était à Londres...

La rencontre avec Kinny s'était si bien déroulée qu'il s'était laissé aller à envisager un avenir avec Sienna. Mais il lui paraissait de moins en moins probable. Il devait refouler ces pensées et profiter du temps qu'il lui restait à passer avec elle.

— Kaï, viens voir ces jouets ! J'en ai repéré un qui pourrait plaire à Kinny.

Elle le conduisit devant un rayon de beaux jouets en bois.

— Ils sont fabriqués par une coopérative de sculpteurs et d'artisans locaux, avec du bois sourcé, de la peinture et de la colle non toxiques. Qu'est-ce que tu penses de ce petit train ? Il est mignon, non ? Regarde, il y a un animal sculpté différent dans chacun des cinq wagonnets. J'adore le petit chat noir et blanc parce qu'il me rappelle le mien. La vendeuse dit que ce serait parfait pour une fillette de l'âge de Kinny, et sans danger. Il n'y a pas de petites pièces qui risqueraient de l'étouffer si elle les porte à sa bouche.

— Je crois qu'elle l'adorerait.

— C'est vrai ? Alors, je le lui achète.

— C'est très attentionné de ta part.

Elle se tourna vers la vendeuse.

— Tu n'interviewes pas ceux qui les fabriquent ? s'enquit Kaï.

— Malheureusement, non. Ils sont sur une autre île, paraît-il. Mais je vais photographier les jouets.

— Y a-t-il autre chose sur ta liste ?

Elle le considéra en plissant les yeux.

— Tu en as assez du shopping, hein ?

Il haussa les épaules.

— Je ne te mentirai pas, c'est exact. Je peux te laisser ici, si tu veux continuer. Tu pourrais prendre un taxi pour rentrer à la villa ou...

— Non, coupa-t-elle. Je ne veux pas perdre une minute du temps que je pourrais passer avec toi. Permets-moi seulement de prendre quelques clichés des jouets. Qu'aimerais-tu faire ensuite ?

— Du kitesurf.

Les yeux verts de Sienna s'illuminèrent.

— Ce serait génial ! Je n'aurai jamais un professeur aussi bon que toi.

Était-ce ce qu'il représentait pour elle ? Un moniteur de kitesurf et un amant de passage qui lui faisait découvrir les délices sensuelles auxquelles elle semblait ne pas avoir eu droit pendant son mauvais mariage ?

Il ne pouvait pas – ne *voulait* pas – croire que c'était vrai.

14

Le « sapin » de Noël dans l'immense pièce à vivre des grands-parents de Kaï était une grande structure abstraite fabriquée avec du bambou, des feuilles de pandanus et de palmier tressées, et des branches d'arbre. Et il était superbe !

— Quand j'ai acheté des ornements de Noël, pourquoi ne m'as-tu pas avertie qu'ils ne seraient pas destinés à un sapin traditionnel ? demanda-t-elle à Kaï. Ceux que j'ai vus dans les boutiques étaient pareils à ce qu'on trouve en Angleterre.

— J'ai pensé que tu aimerais avoir la surprise d'un arbre de Noël polynésien. Demain, nous y ajouterons des fleurs pour le décorer.

— C'est réussi ! En tant qu'architecte d'intérieur, il me plaît beaucoup. Il est en osmose avec la maison. Je ne crois pas que mes petits sujets en verre soufflé seraient appropriés.

— Essaye quand même ! dit Kaï en souriant.

À cet instant, Heiani fit son entrée, Kinny dans les bras.

— C'est très gentil d'être venue, Sienna.

— Sienna ! dit Kinny de sa petite voix flûtée, sans buter sur les syllabes, cette fois.

Sienna regarda Kaï, qui haussa les épaules.

— Ce n'est pas moi qui lui ai appris.

— C'est moi, intervint Heiani. Elle doit savoir prononcer le prénom de notre invitée d'honneur.

— Merci, dit Sienna, touchée. Et merci à toi aussi, Kinny.

— Sienna, répéta la petite, en lui tendant les bras.

Sienna hérita d'une enfant toute câline, et cela lui chamboula le cœur.

— Bonjour, Kinny, mon petit trésor, dit-elle.

Kinny l'embrassa sur les deux joues, puis tendit les bras à son père.

— À ton tour, papa, dit Sienna en la tendant à Kaï.

— Je crois bien que je suis vexé de ne passer qu'en second, plaisanta Kaï, enveloppant d'un regard affectueux sa petite fille tandis qu'il la prenait dans ses bras.

— J'ai apporté quelques décorations. Un cadeau, si vous le permettez, dit Sienna à Heiani en ouvrant son sac. Je les ai achetées à Vaitape. C'est du verre soufflé, et j'ai rencontré l'artiste.

— Rien ne vous y obligeait, mais merci beaucoup, dit Heiani.

Heiani admira les quatre petits objets, munis d'une cordelette de soie pour les suspendre, et les disposa un à un sur la table.

— Ils sont ravissants. De vraies œuvres d'art !

— C'est mon avis aussi. J'ai acheté les mêmes pour les rapporter en Angleterre.

— Je crois que Kinny préférerait la tortue, mais entre l'ananas, le palmier et le dauphin j'ai du mal à choisir celui que j'aime le mieux.

— Ils sont à vous tous les trois, si vous voulez.

Heiani sourit.

— Merci, c'est toujours agréable d'avoir de nouvelles

décorations. Nous penserons à vous chaque fois que nous les suspendrons.

— Je suis contente qu'elles vous plaisent. La tortue est ma préférée. Elle me rappellera celles que j'ai vues dans les eaux polynésiennes.

Une domestique apporta un plateau avec des boissons fraîches et une collation. Puis Teri, le grand-père de Kaï, les rejoignit.

— Mademoiselle Kinny veut-elle suspendre la première décoration sur l'arbre ? lança-t-il.

— J'ai hâte de voir l'arbre couvert de fleurs, dit Sienna. Quelle belle tradition !

— Nous avions engagé une décoratrice à la résidence hôtelière, une année, et c'est elle qui a suggéré un arbre de Noël différent, en harmonie avec notre partie du monde. Il a eu un grand succès auprès des clients. Depuis, nous en avons un à la maison aussi.

Sienna n'avait pas vraiment pris garde au décor de Noël à la résidence, trop occupée à profiter des instants partagés avec Kaï. La veille, ils avaient eu toute une journée et une nuit rien qu'à eux, et ça avait été merveilleux !

Elle avait beau essayer de barricader son cœur, elle tombait de plus en plus amoureuse de Kaï. Mais, comme d'un tacite et commun accord, ils évitaient d'évoquer l'avenir. Elle ne savait toujours pas s'il partageait un tant soit peu ses sentiments.

Après la décoration de l'arbre de Noël, ils prirent un repas léger. La domestique leur servit du poulet et du poisson enveloppés dans des feuilles et des herbes, et cuits à l'étouffée dans un four souterrain appelé *ahima'a*, à la polynésienne. Ils terminèrent par un *po'e*, dessert de banane au sucre brun accompagné de lait de coco. Sienna se sentit privilégiée de partager un repas traditionnel dans une demeure privée, expérience que peu de touristes pouvaient vivre.

Après le dîner, Heiani s'avoua fatiguée, et annonça que Teri et elle manqueraient le défilé. Et si Kaï et Sienna emmenaient Kinny à la parade ? Sienna lança un coup d'œil à Kaï, qui acquiesça.

— Les festivités commencent au coucher du soleil, nous devrions partir tout de suite.

— Le sac de Kinny est déjà prêt, dit Heiani.

— Mais… je ne saurai pas m'occuper d'elle ! lâcha Sienna, vaguement paniquée. Je ne sais pas changer une couche, ni donner le biberon.

— Il y a longtemps que Kinny n'est plus au biberon, répondit la grand-mère de Kaï. Et son papa sait s'occuper d'elle. Amusez-vous, c'est tout !

Tandis que le hors-bord approchait de Vaitape, avec Kaï au gouvernail et Kinny protégée par un harnais et un gilet de sauvetage, Sienna perçut les échos du défilé, flottant à travers les eaux : chants, tambours, ukulélé, guitares. Kinny se mit à taper dans ses mains.

— C'est vraiment une fête de la communauté, dit Kaï. Les gens viennent des toutes petites îles et des atolls pour s'en donner à cœur joie. Avec le soleil couchant pour décor.

Kaï coupa le moteur et accosta, puis il se tourna vers Sienna.

— Prête à applaudir les chars et à danser dans les rues ?

— Mes pieds ont déjà la bougeotte !

La parade empruntait la rue principale de Vaitape, envahie comme ses alentours par des supporters. Les chars représentaient divers aspects de la vie citadine et rurale, passée et présente. Sienna ignorait leur signification, mais applaudissait de bon cœur.

Les gens dansaient dans leurs costumes, pagnes, coiffes extraordinaires composées de feuilles de palmier et de fleurs colorées ; les femmes étaient belles, les hommes musclés et pleins de grâce. Le parfum des frangipaniers et des fleurs de tiaré se mêlait aux odeurs venues des roulottes, des fusées qui illuminaient le ciel. D'immenses clameurs s'élevèrent pour saluer le char de M. Bora-Bora et Miss Bora-Bora, tous deux superbes.

Kinny était bien installée dans un porte-bébé sur le dos de son père, à bonne hauteur pour bien voir. Kaï prit Sienna par la main et dansa avec elle, sa fille sur le dos. Comme s'ils formaient une famille...

Sienna n'aimait guère la foule, en général. Mais ici, les gens étaient chaleureux, les traitaient en amis, veillaient à ce que Kinny voie bien la parade. Pendant un instant, Sienna se laissa aller à rêver que cette famille de circonstance soit vraiment la sienne...

Kaï était dans l'impasse. Il s'attachait de plus en plus à Sienna, mais ne voyait toujours pas à quoi leur relation – car ce n'était pas une passade – pouvait les mener. Il avait pris plaisir à ce défilé de chars, ce soir, plus que jamais, en le voyant à travers les yeux brillants de sa compagne et de sa petite fille. Kinny était de toute évidence très heureuse d'être avec Sienna. Elle n'arrêtait pas de répéter son prénom, récemment appris, si contente d'elle qu'elle riait chaque fois qu'elle le prononçait.

Ils finirent par ramener la fillette à la maison. Il mit Kinny au lit avec Sienna, qui s'assit près du lit et caressa doucement les cheveux de la petite jusqu'à ce qu'elle s'endorme.

— Comment peux-tu supporter de la laisser quand tu pars ? demanda-t-elle.

— Cela devient de plus en plus dur. J'ai le sentiment de manquer beaucoup de choses quand je suis au loin.

Il invita Sienna dans ses appartements, mais elle voulut qu'il la raccompagne à l'hôtel. Demain était un jour en famille, pour Kaï, et elle s'éclipserait. Il aurait dû la déposer et rentrer chez lui. Mais il ne supporta pas de la quitter, marcha avec elle jusqu'à la villa et resta. Il y eut un sentiment d'urgence dans leurs ébats amoureux, car le temps leur était compté.

Il la quitta alors qu'elle dormait, les cheveux épars, si belle. Il l'aimait. Il ne pouvait pas la laisser partir. Il devait trouver le moyen de la garder dans sa vie !

La veille de Noël, Sienna se réveilla seule. Elle avait été conviée au dîner de réveillon avec la famille de Kaï, mais avait décliné la proposition. Elle savait qu'ils échangeraient des cadeaux ce soir-là, et considérait que c'était un moment de partage familial et qu'elle n'aurait pas été à sa place, même si elle appréciait la gentillesse de leur invitation.

Elle savait aussi qu'il y avait des tensions entre Kaï et ses parents, et ne tenait pas à en être témoin. En fait, elle redoutait de les rencontrer. Heiani et Teri étaient ouverts, hospitaliers. Les parents de Kaï s'annonçaient rigides et conservateurs. Le père ne voulait pas accueillir l'adorable Kinny !

Le jour de Noël, ce serait différent. Sa famille avait coutume d'inviter des personnes seules à Noël, et cette année ce serait son tour – dans une famille de l'autre bout du monde.

Elle devait aussi faire ses bagages et se préparer au départ, car elle quittait Bora-Bora tôt le matin du 26 décembre. Le bateau de la résidence hôtelière l'emmènerait au petit aéroport pour le vol jusqu'à Papeete, puis Los Angeles, et enfin Londres. Elle appréhendait le moment de dire adieu à Kaï, et à Kinny.

Les boutiques étaient toujours ouvertes en ce jour de réveillon, et la ville résonnait du son des cloches d'église et des chants du chœur. Elle se demanda quel cadeau elle pourrait remettre à Kaï. Il n'y avait, dans les magasins, que des choses pour touristes, rien qu'il aurait pu désirer. Mais elle ne pouvait pas quitter Bora-Bora sans lui faire un présent. Elle voulait qu'il se souvienne d'elle, au moins un peu.

Elle retourna dans la joaillerie de « tonton Raï ». Il n'était pas là, mais un jeune homme très agréable la servit. Elle n'avait pas oublié le bijou remarqué à la première visite – elle avait failli demander à Kaï si ça lui plaisait. C'était un bracelet pour homme, composé de torsades de cuir noir, avec une unique perle d'un noir de jais et un lourd fermoir ancien en argent. Une très belle pièce.

Kaï ne lui appartenait pas. Pourtant, à l'idée de le quitter, elle se sentait sombrer dans le désespoir.

15

Le jour de Noël, Sienna se retrouva assise près de Kaï et de Kinny à une très longue table, dans une pièce ouvrant sur une véranda donnant sur le lagon. Les autres convives étaient les membres de la famille étendue, y compris Raï et sa femme, ainsi que de nombreux cousins.

Elle n'aurait jamais imaginé qu'elle aurait plaisir à passer Noël ailleurs que chez ses parents, avec ses sœurs. Cette fête était chaleureuse, amusante, et elle fut traitée en invitée d'honneur. Elle était près de Kaï, ouvertement « en couple » – tous l'avaient deviné, de toute façon.

Elle se demanda quel était le Noël de ses sœurs au Japon et au Costa Rica. Elle aurait tant aimé leur souhaiter de vive voix un joyeux Noël, ainsi qu'à ses parents – mais le décalage horaire compliquait trop les choses. Alors elle leur avait envoyé des messages ...

Les parents de Kaï, Lana et Alain, étaient assis en face d'eux. Lana, une beauté aux traits classiques, était intelligente, s'exprimait bien ; Alain, grand, au visage mince, correspondait à ses idées préconçues sur les avocats. Ils parlaient tous deux parfaitement anglais, et parurent surpris qu'elle sache s'exprimer en français. Elle avait du mal à les prendre en sympathie, sachant comment ils avaient traité leur fils. Mais il ne semblait pas y avoir de tensions entre eux et Kaï. Elle s'étonna de voir Alain échanger avec Kinny. Kaï lui expliqua que Heiani avait appris à la petite à dire « papy Alain », comme elle lui avait appris à dire « Sienna ». Alain avait craqué pour la fillette, comme tout le monde.

Sienna pensa que ses parents aussi auraient aimé Kinny.

Le délicieux repas de Noël était un mélange de cuisine française et polynésienne, orchestré autour de la dinde farcie aux marrons. « Pour te faire plaisir ainsi qu'à la famille française », avait dit Kaï. Pas de *plum-pudding* flambé au dessert, mais une bûche de Noël, qui avait toujours eu la préférence de Sienna, de toute façon. Et les fruits frais abondants qui étaient délicieux à Bora-Bora.

À mesure que la journée s'écoulait, il lui sembla qu'elle n'avait pas cessé de sourire et de bavarder. Sienna trouvait très sympathiques les frères de Kaï et leurs épouses. Ses deux nièces, Camille et Élodie, étaient charmantes, et débordantes d'énergie. Elles supplièrent leur oncle Kaï de les emmener encore faire du kitesurf. Quant au neveu, Sienna n'eut que l'occasion de lui dire bonjour. Il ne pensait qu'à jouer sur sa console, à la vive contrariété de son père.

Après le dessert, les nièces l'entraînèrent avec Kaï sur le seuil de la pièce voisine. Avant de savoir ce qu'il leur arrivait, elle et Kaï se retrouvèrent sous un bouquet de gui. Ils durent s'embrasser, bien sûr. Et une fois qu'ils eurent commencé, ils n'eurent plus envie de s'arrêter, au grand plaisir de leur jeune public. Interrompant le baiser, rieuse et empourprée, toujours au creux des bras de Kaï, Sienna pensa qu'elle n'avait jamais vécu un Noël aussi magique.

— Sortons prendre un peu d'air frais, lui dit-il en l'emmenant dans un coin intime de la véranda, ombragé par un ylang-ylang.

— J'aime ta famille, lui dit-elle, les joues roses, le regard pétillant.

— Eux aussi, ils t'aiment. Tu es la star de Noël.

— Ce sont plutôt tes adorables nièces, à mon avis.

— Cela se discute. Pour moi, tu seras toujours LA star.

— Merci, dit-elle avec douceur.

Pendant un long moment, elle l'enveloppa du regard, et il fut encouragé par l'émotion qu'il lisait dans ses yeux.

— J'ai un cadeau de Noël pour toi, mais je ne voulais pas te l'offrir devant tout le monde.

Il tapota la poche de son pantalon en lin blanc, et elle la poche de sa robe blanche.

— Les grands esprits se rencontrent ! J'en ai aussi un pour toi.

Elle sortit l'écrin enveloppé dans la boutique de l'oncle Raï, et le lui remit.

— Je ne voyais pas quoi t'offrir que tu n'aies déjà.

— Mon cadeau préféré se présente en paréo, dit-il d'une voix rauque.

— Le genre de cadeau qui fait autant de plaisir à la personne qui donne qu'à celle qui reçoit.

Elle eut un lent sourire sensuel, et ils échangèrent un baiser.

— Allons, vas-y, ouvre ! dit-elle.

Kaï n'était pas du genre à porter des bijoux, mais ce bracelet en cuir torsadé, avec sa perle noire et son fermoir en argent, sortait de l'ordinaire.

— Il me plaît beaucoup. Merci. Je vais le porter.

— Laisse-moi t'aider. Là… voilà.

Il leva la main pour qu'elle admire l'effet du bijou.

— Cela te va bien. Je suis si contente ! Je ne savais vraiment pas quoi t'offrir.

— Moi, je savais précisément quoi t'offrir, dit-il.

Il sortit de sa poche une mince boîte, elle aussi en provenance de la boutique de Raï. Elle déballa le cadeau, ouvrit l'écrin de velours, secoua la tête d'un air incrédule.

— Oh ! Kaï ! Le collier de perles vertes !

— Il semblait fait spécialement pour toi. Je suis retourné l'acheter le jour même. Ces perles te vont à ravir. Elles reflètent la couleur de tes yeux.

— Tu n'aurais pas dû. C'est beaucoup trop !

Elle effleura le bijou du doigt.

— Une vraie merveille.

Elle leva vers Kaï un regard troublé.

— Tu sais que j'adore ce collier. Je l'aurais acheté moi-même si j'en avais les moyens. Mais...

— Il n'y a pas de mais, tu dois le garder. Oncle Raï n'accepte pas les retours, mentit-il. Et il est trop grand pour Kinny.

Elle sourit à ce trait d'humour, mais il ne se refléta pas dans son regard.

— Tu es beaucoup trop généreux. Tu l'as été avec moi dès le début. Tu sais que je n'ai pas envie de te dire adieu. Je me demandais si nous pouvions...

Kaï lui posa les mains sur les épaules, dans le désir inconscient, peut-être, de la retenir.

— Alors, ne pars pas, Sienna. Reste avec moi.

— Ici ?

— Oui. Annule ton vol de demain.

— Eh bien, je pourrais sûrement rester encore quelques jours. J'allais suggérer qu'on se revoie après mon retour à la maison, à Londres ou ailleurs, mais...

— J'envisageais plus que quelques jours. Installe-toi avec moi à Motu Puaiti. Aménage la maison comme tu veux, fais-en ton foyer.

— Kaï, je ne peux pas. Il y a mon travail.

— Ne peux-tu publier tes posts sur les médias sociaux à partir de n'importe où ?

— Non. Mon job est à Londres. Je dois être sur place pour suivre les chantiers, rencontrer les clients, me tenir au courant des tendances et des produits. Mon identité d'influenceuse est d'être une Londonienne.

Sienna marqua une pause, puis son intonation se durcit.

— En fait, Kaï, je ne devrais pas avoir à m'expliquer en ce qui concerne mon business, ma vie.

Cela ne se déroulait pas comme il l'avait prévu, mais il devait s'obstiner à tenter le coup.

— Je pense que nous pourrions avoir une relation durable.

— Je... je le pensais aussi. Mais pas...

— Je veux que tu restes. Ou que tu rentres, règles les choses et reviennes vers moi. Je veux envisager une vie ensemble. Toi, moi et Kinny. Tu sais que je peux t'offrir tout ce que tu veux. Tu n'as qu'à demander.

Il ne comprenait donc rien.

Sienna était si déçue qu'elle parvenait à peine à trouver les mots. Elle envisageait la poursuite de leur relation dans le monde réel. Il envisageait... de lui faire chambouler sa vie.

— Kaï, c'est trop tôt, trop précipité.

Elle était amoureuse de Kaï. Profondément. Mais cela ne suffisait pas. Elle devait veiller à ce que nul n'attende d'elle qu'elle renonce à ses rêves. Elle avait commis cette erreur une fois, il était hors de question de la reproduire.

— Je ne peux pas rester, Kaï. Je dois prendre l'avion demain comme prévu. N'essaye pas de m'en empêcher.

— Tu sais que je n'essayerais jamais de te contraindre.

— Oui. Mais il faut que je rentre. Que je retourne à ma vie.

— Si c'est réellement ce que tu veux.

Il avait l'air abattu, et elle en eut le cœur serré. Sans un mot, il l'enlaça et l'attira à lui. Elle le désirait tant ! Mais ça ne pouvait pas marcher.

— S'il te plaît, ne me fais pas pleurer. Parce que j'en ai envie, et je ne peux pas me laisser aller comme ça. Je ne voulais pas que cela se termine comme ça entre nous.

Elle s'écarta de lui.

— Je te prie de m'accompagner pendant que je salue ta famille et remercie tes grands-parents pour le plus merveilleux des Noëls. S'ils demandent quand ils me reverront, nous pourrons toujours répondre : « Bientôt, j'espère. » Ensuite, j'aimerais que tu me ramènes discrètement à la résidence. Le bateau-navette doit me conduire à l'aéroport de Motu Mute tôt demain matin.

— Te reverrai-je ?

Sienna prit une profonde inspiration. Jamais elle n'avait eu une réponse aussi difficile à livrer.

— Bientôt, j'espère.

Le voyage de retour en bateau à Mareva fut marqué par la gêne, et se déroula presque en silence. Kaï ne s'était jamais senti aussi rejeté et malheureux – même lorsque ses parents l'avaient chassé. Que pouvait-il dire de plus ? Il la raccompagna à la villa où ils avaient été si heureux, et lui souhaita un heureux voyage. Elle tenta de lui rendre le collier de perles vertes, mais il refusa, et elle céda.

Quand il rentra à la maison, quelques invités y bavardaient encore. Il rejoignit sa grand-mère, qui supervisait la desserte de la vaste table avec les domestiques.

— Je peux t'aider, *mama'u* ?

Elle plissa le front.

— Où est Sienna ?

— Partie.

— Comment ça, *partie* ? Je croyais qu'elle passerait la nuit ici, avec toi.

— Elle rentre chez elle en avion tôt demain matin, et a pensé que ce serait plus simple pour elle de partir de Mareva.

— Que lui as-tu dit pour qu'elle s'en aille ?

— Rien. J'ai essayé de la faire rester.

Il raconta ce qui s'était passé.

— Gros bêta !

À trente-cinq ans, Kaï n'aurait toléré de personne d'autre que de sa grand-mère d'être traité de « gros bêta », et encore ! Cette fois, il pensait le mériter peut-être.

— Sienna m'a un peu raconté son histoire, dit-elle, et parlé de cet épouvantable mari visiblement jaloux et qui a tout fait pour la rabaisser par dépit, pour piétiner ses rêves, par abus de pouvoir. Tu lui as dit que tu pouvais lui donner tout ce qu'elle veut mais, ce qu'elle désire, c'est l'indépendance qu'elle a conquise de haute lutte. La dernière chose dont elle ait besoin, c'est d'un homme qui décide de l'endroit où elle doit vivre et ce qu'elle doit faire de sa brillante carrière.

— Ce n'était pas du tout mon intention, soutint Kaï. J'ai eu des mots malheureux parce que je voulais vraiment la garder dans ma vie. Je l'aime, *mama'u*.

— Va le lui dire, alors. Prouve-le. Qu'est-ce qui te retient tant à Bora-Bora, pour qu'elle doive renoncer à tout pour venir ici ?

— Toi et *papa'u*... Kinny.

— Nous serions de piètres grands-parents si nous attendions que tu vives toujours avec nous. Nous t'avons toujours encouragé à réaliser tes rêves, et regarde comme tu as réussi loin d'ici ! Kinny a besoin d'être élevée par son père, pas par ses grands-parents. Réalises-tu que la petite sait que Sienna devrait être sa maman ? Elle le sait, vois-tu. Je le sais, et je soupçonne que Sienna le sait aussi.

— Si j'emmenais Kinny vivre ailleurs, ça ne te contrarierait pas ?

— Du moment que tu la ramènerais en visite aussi souvent que possible. J'écoute mon intuition, mon instinct. Kinny en a aussi, même si elle est trop jeune pour l'identifier.

— Elle s'est tout de suite prise d'affection pour Sienna.

— Dès que j'ai rencontré Sienna, j'ai su qu'elle était faite pour toi. Elle devrait être ta femme, et une mère pour Kinny.

— C'est rude, dit Kaï, rembruni.

— Examine les choses de près, et tu verras que j'ai raison. Tu es habitué à diriger ta vie sans faire beaucoup de compromis, et tu as besoin d'apprendre à en concéder pour avoir une relation heureuse. Tu es capable d'affronter Teahupo'o. Ne laisse pas ton orgueil t'empêcher de conquérir une jeune femme qui t'aime autant que tu l'aimes. Va lui faire savoir que tu acceptes ses conditions. Tu la connais à peine, mais c'est sans importance. Quand on sait, on sait.

— J'emmènerai Kinny avec moi, dit Kaï.

Le visage de sa grand-mère s'éclaira d'un large sourire.

— Je préparerai le bagage de la petite dès demain.

16

De retour à Londres, Sienna avait du mal à trouver le sommeil. Elle était seule dans la maison de Chiswick, seule avec son chat, Lucky, pelotonné à ses pieds, sur le lit. Ses parents et ses sœurs ne lui manquaient pas. Ils ne tarderaient pas à être de retour pour un nouvel an en famille.

C'était Kaï qui lui manquait.

Elle avait passé et repassé dans son esprit leur dernière entrevue. Mais elle avait beau la rejouer, elle sentait qu'elle aurait réagi de même à nouveau – même si elle avait horreur d'avoir peiné Kaï. Elle ne pouvait pas, ne voulait pas que l'histoire se répète, et se retrouver aussi impuissante que face à Callum.

Le vol de retour avait été un calvaire. Il était si long ! Cela n'avait fait que souligner le fait qu'elle ne pourrait jamais diriger ses affaires depuis Tahiti. En arrivant à Londres, en trouvant un ciel gris et de la neige fondue, elle avait eu peine à croire que la ville et Bora-Bora coexistaient réellement sur la même planète. N'avait-elle donc vécu qu'un songe ?

Ses posts prouvaient le contraire. Dans l'hiver morose de l'hémisphère nord, ses images d'une île paradisiaque comme surgie d'un autre monde avaient suscité de bonnes réactions. La coopérative de jouets en bois avait été inondée de commandes. Un de ses clients préférés attendait avec impatience les jumeaux des fauteuils en bambou repérés dans le bar, en route depuis l'atelier qui les fabriquait vers son jardin d'hiver du Surrey. Mais elle n'avait pas encore publié les perles d'oncle Raï. Cela touchait Kaï de trop près. Quant au collier enfermé dans son écrin, elle n'en partagerait jamais la photographie.

Elle avait eu une nouvelle nuit agitée, hantée par des rêves au sujet de Kaï. Le chauffage central n'ayant pas encore réchauffé la maison, réfugiée dans son lit, elle attendait qu'il fasse meilleur. Quand la sonnette retentit, elle préféra l'ignorer plutôt que de descendre deux étages. Mais la sonnerie persista. Sans doute la livraison d'un colis.

— Oh ! bon, ça va, j'arrive ! marmonna-t-elle, enfilant une vieille robe de chambre et des pantoufles.

Elle regarda par le judas et se figea, secouée : le petit visage de Kinny la regardait ! Elle se hâta de déverrouiller la porte et découvrit Kaï dans un superbe manteau en cachemire noir, tenant sa fille dans ses bras.

Le cœur de Sienna battait si fort qu'elle aurait juré qu'on pouvait l'entendre.

— Kaï, entre donc, ça gèle dehors !

Kinny tendit les bras.

— Sienna.

Chamboulée, Sienna la prit des mains de Kaï.

— Entre ma puce ! Tu n'es pas habituée à un temps pareil, n'est-ce pas ? Kaï... que viens-tu faire ici ?

— Nous sommes venus te voir, si ce n'est pas évident.

En dépit de ses paroles hardies, il y avait une note d'incertitude dans sa voix.

— Je suis contente de te voir. Je... Tu m'as tellement manqué !

— Moi aussi, tu m'as manqué.

Il avait la voix rauque, empreinte de désir et de nostalgie, et elle réalisa qu'il avait dû être aussi malheureux sans elle qu'elle l'avait été sans lui.

— Entre, dit-elle. Tu veux du café ? Un thé ? Et Kinny, que prend-elle ?

— Du café pour moi. Il y a un biberon pour Kinny dans le sac. Nous arrivons tout droit de l'aéroport. Elle n'a pas dormi dans l'avion !

— Une partie de plaisir pour toi, j'imagine.

— C'est ça. Nous avons fait une escale à Los Angeles, mais son rythme de sommeil est totalement décalé.

Après avoir posé devant lui une tasse de café, elle demanda :

— Pourquoi es-tu venu ?

Il n'hésita pas.

— Pour te dire que je t'aime.

— Oh...

Elle marqua un arrêt, à la fois surprise et infiniment heureuse.

— Je... je t'aime aussi. Je t'aime tant ! lâcha-t-elle, contente d'avoir enfin exprimé ses sentiments. Mais ça ne change rien. Je ne veux pas m'installer à Bora-Bora. Y venir en visite, oui. Y vivre, non.

— Et j'ai été stupide de te le demander. Je suis désolé. J'étais fou de joie de t'avoir avec moi pour Noël – le premier Noël où je n'ai pas eu envie de m'en aller avant même qu'on serve la dinde. Tu as tout changé. Je savais que tu partais le lendemain, et je m'y suis pris de la pire des manières pour te convaincre de rester... Je ne veux surtout pas te frustrer de tes rêves. Je peux travailler n'importe où, alors que ta carrière est ici, à Londres. Je veux vivre là où tu vis, où que ce soit. Mon cœur est avec toi. Si tu as l'intention de vivre à Londres, alors, moi aussi !

Kaï eut un arrêt. Sienna remarqua qu'il portait le bracelet qu'elle lui avait offert.

— C'est difficile à dire, pour moi.

— Continue. J'adore les mots que tu prononces.

— Les déplacements sont une part importante de mon travail. Impossible d'éviter les voyages. Mais je pourrais vendre une succursale, ce qui allégerait tout de même le fardeau.

— Voudrais-tu réellement faire ça ?

— Pas vraiment, non. Pas encore. Mais si ça te facilitait l'existence – à supposer que tu veuilles lier ta vie à la mienne –, alors, je le ferais.

Voulait-elle lier sa vie à celle de Kaï ? Oui ! Ces quelques jours de séparation lui avaient appris ça. Mais elle avait besoin de connaître certaines réponses avant de s'engager à quoi que ce soit.

— Et Kinny ?

— Kinny et moi sommes inséparables. L'un ne va pas sans l'autre. Là où elle est, je suis aussi.

— Et c'est ainsi que ça doit être. Si nous... lions nos vies, comme tu dis, serai-je sa maman ?

— Oui. Sans aucun doute.

Soudain, ils s'aperçurent que Kinny s'était endormie dans les bras de son père, qui se leva et la déposa sur le canapé, dans le salon, avant de la caler avec des coussins.

— Laisse-moi t'aider.

Sienna s'installa sur le canapé, près de Kaï, qui avait sa fille près de lui. Comme une famille.

— Pauvre petit bout de chou ! Elle s'est endormie d'un seul coup. Je l'aime aussi, tu sais.

— Je sais.

— Il va falloir que j'apprenne à être une maman pour elle. Je suis tout à fait novice. Mais je sais que je veux ce qu'il y a de mieux pour Kinny.

— C'est un bon point de départ. Cela a été le mien.

— Et tu es devenu un père génial.

— Je pourrais l'être pour d'autres enfants aussi, si c'est ton désir.

— Tu veux d'autres enfants ? demanda Sienna, retenant son souffle.

— Si tu en veux aussi. J'aimerais avoir une grande famille.

Elle laissa échapper un soupir de bonheur.

— Si ça arrivait, je serais folle de joie ! Mais si j'avais un bébé avec toi, je n'en aimerais pas moins Kinny pour autant.

— Je le sais... Mais j'ai manqué ses premiers six mois de vie, la grossesse de sa mère. J'aimerais avoir cette expérience, si nous étions assez heureux pour avoir un bébé.

Elle se pencha pour l'embrasser, elle en mourait d'envie depuis qu'elle l'avait vu sur le seuil. Loin de lui, elle avait vécu un enfer.

— Pour notre foyer londonien, je pense à une grande maison avec un jardin, et un accès facile à Heathrow.

— Et pas loin de Chiswick, ajouta-t-elle.

— Je sais à quel point ta famille compte pour toi. Nous devrions habiter dans les parages.

Elle fronça les sourcils.

— Tout ça est très théorique.

— À toi de concrétiser cela. Quand tu y seras prête.

Il disparut quelques instants, puis revint avec un petit écrin frappé du logo de la boutique d'oncle Raï. Il l'ouvrit pour révéler une bague avec une grande émeraude entourée de diamants.

— Est-ce que c'est… ?

— Une bague de fiançailles ? Oui. Mais je ne cherche pas à te bousculer. Je vais te la donner pour que tu la remises en lieu sûr. Quand tu seras prête, tu pourras me demander de t'épouser. Moi, je suis prêt !

Folle de joie, elle chercha ses yeux.

— Moi aussi, je suis prête. Je veux devenir ta femme et la maman de Kinny, dit Sienna. Veux-tu m'épouser, Kaï ?

Il eut ce merveilleux sourire qui l'avait envoûtée dès la première fois qu'elle l'avait vu.

— Oui, répondit-il. Je t'épouserai, te chérirai, t'aimerai. Laisse-moi te passer la bague au doigt !

La magnifique émeraude s'adapta à son annulaire à la perfection. Elle leva la main pour la faire scintiller.

— C'est une vraie splendeur. Tu te souviens du moment où j'ai fait un vœu à la vue d'une étoile filante ?

— Oui, bien sûr.

— J'ai demandé une seconde chance de vivre mes rêves. Cette chance, c'était toi…

— Des étoiles dotées de grands pouvoirs ont dû traverser le ciel, cette nuit-là, commenta Kaï. Parce que mon souhait s'est réalisé aussi.

— Et qu'avais-tu souhaité ?

— Que Sienna Kendall tombe amoureuse de moi.

— Cela s'est réalisé, en effet, dit-elle, en lui offrant ses lèvres.

Vous avez aimé ce roman ?
Découvrez la suite de votre série « Le pacte de Noël »
dès le mois prochain dans votre collection Azur !